楊照談

芥川龍之介

小說裡的人性羅生門

楊照
著

日本文學名家
十講
03

目次

第二章　芥川龍之介短篇小說的魅力　55

總序

用文學探究「日本是什麼」

文／楊照

就像吉朋（Edward Gibbon）在羅馬古蹟廢墟間，黃昏時刻聽到附近修道院傳來的晚禱聲，而起心動念要寫《羅馬帝國衰亡史》，我也是在一個清楚記得的時刻，有了寫這樣一套解讀日本現代經典小說作家作品的想法。

時間是二〇一七年的春天，地點是京都清涼寺雨聲淅瀝的庭園裡。不過會坐在庭園廊下百感交集，前面有一段稍微曲折的過程。

那是在我長期主持節目的「台中古典音樂台」邀約下，我帶了一群台中的朋友去京都賞櫻。按照我排的行程，這一天去嵐山和嵯峨野，從天龍寺開始，然後一路到竹林道、大河內山莊、野宮神社、常寂光寺、二尊院，最後走到清涼寺。然而從出門我就心情緊繃，因為天公不作美，下起雨來，氣溫陡降，而且有幾個團員前天晚上逛街走了很多路，明顯腳力不濟。我平常習慣自己在京都遊逛，合理的做法應該是改變行程，例如改去有很多塔頭的妙心寺或東福寺，可以不必一直撐傘走路，密集拜訪多個不同院落，中午還可以在寺裡吃精進料理，舒舒服服坐著看雨、聽雨。但配合我、協助我的領隊林桑告訴我帶團沒有這種隨機調整空間，我們給團員的行程表等於是合約，沒有照行程走就是違約，即使當場所有的團員都同意更改，也無法確保回台灣後不會有人去觀光局投訴，那麼林桑他們旅行社可就吃不完兜著走了。

好吧，只好在天候條件最差的情況下走這一天大部分都在戶外的行程。下午到常寂光寺時，我知道有一、兩位團員其實體力接近極限，只是盡量優雅地保持正常的外表。這不是我心目中應該要提供心靈豐富美好經驗的旅遊，使我心情沮喪。更糟的是再往下走，到了門口才知道二尊院因為有重要法事，這一天臨時不對遊客開放。在當時的情況下，這意味著本來可以稍微躲雨休息的機會被取消了，別無辦法，大家只好拖著又冷又疲累的身子繼續走向清涼寺。

清涼寺不是觀光重點，我們去到時更是完全沒有其他訪客。也許是驚訝於這種天氣還有人來到寺裡拜觀吧？連住持都出來招呼我們。我們脫下了鞋走上木頭階梯，幾乎每個人都留下了溼答答的腳印，因為連鞋子裡的襪子也不可能是乾的。住持趕緊要人找來了好多毛巾，讓我們入寺之前可以先踩踏將腳弄乾。過程中，住持知道我們遠從台灣來，明顯地更意外且感動了。

入寺內在蒲團上坐下來後，住持原本要為我們介紹，但我擔心在沒有暖氣仍然極度陰寒的空間裡，住持說一句領隊還要翻譯一句，不管住持講多久都必須耗費近乎加倍的時間，對大家反而是折磨。我只好很失禮地請領隊跟住持說，由我用中文來對團員介紹即可。住持很寬容地接受了，但接著他就很好奇我這位領隊口中的「せんせい」會對他的寺廟做出什麼樣的「修學說明」。

我對團員簡介清涼寺時，住持就在旁邊，央求領隊將我說的內容大致翻譯給他聽，說老實話，壓力很大啊！我盡量保持一貫的方式，先說文殊菩薩仁慈賜予「清涼石」的故事，解釋「清涼寺」寺名由來，接著提及五台山清涼寺相傳是清朝順治皇帝出家的地方，是金庸小說《鹿鼎記》中的重要場景，再聯繫到《源氏物語》中光源氏的「嵯峨野御堂」就在今天清涼寺之處。然後告訴大家這是一座淨土宗寺院，所以本堂的布置明顯和臨濟禪宗寺院很不一樣，而這座寺廟最難能寶貴的是有著絹絲材質製造、象徵內臟的木雕佛像，相傳是從中國浮海而來的。最後我順口說了，寺院只有本堂開放參觀，很遺憾我多次到此造訪，從來不曾看過裡面的庭園。

說完了，讓團員自行拜觀，住持前來向我再三道謝，竟然對於清涼寺了解得如此準確；接著轉而向我再三致歉，我一時不知道他如此懇切道歉的原因，靠領隊居中協助，才弄清楚了，住持的意思是讓我抱持多年的遺憾，他今天一定要予以補償，所以找了人要為我們打開往庭園的內門，並且準備拖鞋，破例讓我們參觀庭園。

於是，我看著原未預期能看到的素雅庭園，知道了如此細密修整的地方從來沒打算要對外客開放，那樣的景致突然透出了一份神祕的精神特質。這美不是為了讓人觀賞的，不是提供人享受的手段，其自身就是目的，寺裡的人多少年來，幾十年甚至幾百年，日復一日毫不懈怠地打掃、修剪、維護，他們服務的不是前來觀賞庭園的人，而是庭園之美自身，以及人和美之間的一種敬謹的關係。那一絲不苟的敬意既是修行，同時又構成了另一種心靈之美。

坐在被微雨水氣籠罩的廊下，心裡有一種不真實感。為什麼我這樣一個台灣人，能在日本受到尊重，取得特權進入凝視、感受著這座庭園？為什麼我真的可以感覺到庭園裡的形與色，動中之靜、靜中之動，直接觸動我，對我說話？我如何走到這一步，成為這個奇特經驗的感受主體？

在那當下，我想起了最早教我認識日語、閱讀日文，卻自己一輩子沒有到過日本的父親。我想起了三十年前在美國遇到的岩崎春子教授，彷彿又看到了她那經常閃現不信任、懷疑的眼神，在我身上掃出複雜的反應。

我在哈佛大學上岩崎老師的高級日文閱讀課，是她遇到的第一個台灣研究生。我跟她的互動既親近又緊張。親近是因她很早就對我另眼看待，課堂上她最早給我們的教材都立即被我看出來處。一段來自村上春樹的《聽風的歌》，另一段來自海明威《在我們的時代》小說集的日文翻譯。她要我們將教材翻譯成英文，我帶點惡作劇意味地將海明威的原文抄了上去。她有點惱怒地在課堂上點名問我，剛發下來的幾段還有我能辨別出處的嗎？不巧，一段是川端康成的掌上小說，另一段是吉行淳之介的極短篇，又被我認出來了。

從此之後岩崎老師當然就認得我了，不時和我在教室走廊或大樓的咖啡廳說說聊聊。她很意外一個從台灣來的學生讀過那麼多日文小說，但另一方面，她又總不免表現出一種不可置信的態度，認為以我一個台灣人的身分，就算讀了，也不可能真正理解這些日本小說。

每次和岩崎老師談話我都會不自主地緊繃著。沒辦法，對於必須在她面前費力地證明自己，就是令我備感壓力。她明知道我來修這門課，是為了不要耗費時間在低年級日語的聽說練習上，我的日語會話能力和我的日文閱讀能力有很大的落差，但她還是不時會嘲笑我的日語，特別喜歡說：「你講的是台灣話而不是日語吧！」因此我會盡量避免在她面前說太多日語，但又堅持用英語與她討論許多日本現代作家與作品。

她不是故意的，但是一個台灣學生在她面前侃侃而談日本文學，往往還是讓她無法接受。愈是感覺到她的這種態度，我就愈是覺得自己不能放鬆、不能輸，這不是我自己的事了，對她來說，我就代表台灣，我必須替台灣爭一口氣，改變她認為台灣人不可能進入幽微深邃日本文學心靈世界的看法。

那一年間，我們談了很多。每次談話都像是變相的考試或競賽。她會刻意提一位知名的作家，我相對提出我讀過的這位作家作品，然後她像是教學般解說這部作品，我卻刻意地鑽找縫隙，非得說出和她不同，卻要能說服她接受的意見。

這麼多年後回想起來，都還是覺得好累，在寒風裡從記憶中引發了汗意。不過我明白了，是那一年的經驗，在日本殖民史的曲折延長線上，我得以培養了這樣接近日本文化的能力。我不想浪費殖民歷史在我父親身上留下，再傳給我的日文能力，更重要的，我拒絕因為台灣人的身分，而被視為在日本文化吸收體會上，必然是次等的、膚淺的。

於是那一刻，我得到了這樣的念頭，要透過小說作家及作品，來探究日本，如此之美，卻又蘊含如此暴烈力量，同時還曾發動侵略戰爭的複雜國度。這不是一個單純的「外國」，而是盤旋在台灣歷史上空超過百年，幽靈般的存在，一直到今天，台灣都還依照看待日本的不同態度而劃分著不同的族群、世代與政治立場。

在清涼寺中，彷彿聽到自己內心的如此召喚：「來吧，來將那一行行的文字，一個個角色，一幕幕情節，一段段靈光閃耀的體認，整理出意義來吧。不見得能得到『日本是什麼』的答案，但至少得以整理出如何叩問『日本如何進入台灣集體意識』的途徑吧。」我知道，毋寧是我相信，我曾經付出的工夫，讓我有這麼一點能力可以承擔這樣的任務。

回到台北之後，我從兩個方向有系統地以行動呼應內在的召喚。一是和麥田出版合作，選書主編了「幡」書系，那是帶著清楚的日本近代文學史概念，針對台灣引介日本文學作品的混亂偏食狀況，特別找出具備有日本近代文學史上的思想、理論代表性的作品，希望讓讀者在閱讀中藉此逐漸鋪畫出日本文學的歷史地圖。

另外，先後在「誠品講堂」和「藝集講堂」連續開設解讀現代日本小說作品的課程。必須誠實地說，我對台灣一般流通的現代日本小說譯本，以及大部分國人所寫的解說，不得不抱持保留態度。最嚴重的問題顯現在：第一，完全不顧作品的時代、社會背景，將小說架空地用自己主觀的心情來閱讀。最誇張的，例如翻譯、解說遠藤周作小說，可以對基督教神學完全無知，也不去查對《聖經》和天主教會固定譯名，而出於自己望文生義臆測。這樣一來，讀者讀到的怎麼可能還是虔信中與信仰掙扎的遠藤周作作品呢？

第二，翻譯者、解說者無法察覺自己的知識或感性敏銳度，和原作者到底有多大的差異。這在川端康成的作品中表現得最明顯，光從字面上去翻譯、閱讀，不能找到方式試圖進入從極度纖細神經中傳遞出來的時序與情懷交錯境界，那就錯失了川端康成文學能帶給我們的最重要感動了。

第三，讀者囿於一些通俗的標籤，產生了想當然耳，而非認真細究的閱讀印象。例如台灣有一陣子突然流行太宰治的「失格」、「無賴」文學；一陣子又轉而流行谷崎潤一郎的「奇情」文學，但對於「無賴」或「奇情」到底是什麼意思沒有認識，對於太宰治與谷崎潤一郎的完整文學風貌也沒有進一步的興趣。如此讀來讀去，都只停留在感受「無賴」或「奇情」而已，無從讓太宰治或谷崎潤一郎的作品豐富讀者自身的人生感知。

在「誠品講堂」與「藝集講堂」的課程中，我有意識地採取了一種思想史的方式來面對這些作家與作品。簡而言之，我將每一本經典小說都看作是這位多思多感的作家，在自己所處的時代中遭遇了問題或困惑，因而提出來的答案。我一方面將這本小說放回他一生前後的處境來比對，另一方面提供當時日本社會、時代脈絡來進一步探詢那原始的問題或困惑。如此我們不只看到、知道了作者寫了什麼、表現了什麼，還可以從他為什麼寫以及如何表現的人生、社會、文學抉擇，受到更深刻的刺激與啟發。

另外我極度看重小說寫作上的原創性，必定要找出一位經典作家獨特的聲音與風格。要綜觀作家大部分的主要作品，整理排列其變化軌跡，才能找出那條貫串的主體關懷，將各部小說視為這主體關懷或終極關懷的某種探測、某種注解。

在解讀中，我還盡量維持作品的中心地位，意思是小心避免喧賓奪主，以堆積許多外圍材料、高深的說法為滿足。解讀必須始終依附於作品存在，作品是第一序、首要的，目的是藉由解讀，讓讀者對更多作品產生好奇，並取得閱讀吸收的信心，從而在小說裡得到更廣遠或更深湛的收穫。

我企圖呈現從日本近代小說成形到當今的變化發展，考慮自己進行思想史式探究可能面臨的障礙，最後選擇了十位生平、創作能夠涵蓋這時期，而且我還有把握自己能進入他們感官、心靈世界的重要作家，組構起相對完整的日本現代小說系列課程。

這十位小說家，依照時代先後分別是：夏目漱石、谷崎潤一郎、芥川龍之介、川端康成、太宰治、三島由紀夫、遠藤周作、大江健三郎、宮本輝和村上春樹。

這套書就是以這組課程授課內容整理而成的，每位作者我有把握能解讀的作品多寡不一，因而成書的篇幅也相應會有頗大的差距。川端康成和村上春樹兩本篇幅最大，其次是三島由紀夫，當然這也清楚反映了我自己文學品味上的偏倚所在。

雖然每本書有一位主題作家，但論及時代與社會背景，乃至作家間互動關係，難免有些內容在各書間必須重複出現，還請通讀全套解讀的讀者包涵。另外因為源自課堂講授，有些延伸的討論或戲說，我還是保留在書裡，乍看下似乎無關主旨，然而在認識日本精神的總目標上，或是對比台灣今天的文學現象，應該還是有其一定的參考價值。

從十五歲因閱讀《山之音》而有了認真學習日文、深入日本文學的動機開始，超過四十年時間浸淫其間，得此十冊套書，藉以作為台灣從殖民到後殖民，甚至是超越殖民而多元建構自身文化的一段歷史見證。

前言

「變」的精神——芥川小說背後的人性破解

文／楊照

我每隔一段時間就想要重讀卡夫卡的小說。二〇二二年我又在「藝集講堂」的短篇小說課程中講了一次卡夫卡，也就將卡夫卡一生少少的作品完整地再讀了一次。而每次重讀卡夫卡，也幾乎都在腦中將經常被和卡夫卡相提並論的日本小說家芥川龍之介的作品反芻了一次。

對我來說，卡夫卡和芥川龍之介很不一樣。無法解釋的最大差異在於：我經常會有覺得需要重讀卡夫卡作品的衝動，而且不管之前讀過了多少次，重讀時還是會經常迷失在他的字句間，不能確定該如何分析、解釋其意義；卡夫卡的小說，甚至他寫給父親、寫給未婚妻的信，頑強地抗拒分析、解釋，然而同時具備著一種神奇的力量，不斷誘引像我這樣的讀者，自不量力地一再去進行分析、解釋，又一再推翻自己的分析、解釋。

芥川龍之介不需要重讀。〈鼻子〉、〈山藥粥〉、〈枯野抄〉、〈地獄變〉，更不要說〈羅生門〉、〈竹藪中〉，這些小說我隨時都記得，就連他晚期看來如此迷亂的〈河童〉、〈齒輪〉、〈呆瓜的一生〉，我都可以毫無困難地從記憶中準確地召喚出諸多細節片段。這樣說吧，芥川龍之介的小說，雖然表面上看或許和卡夫卡的作品很像，但他寫的比較像是一座一座精巧的迷宮，如果你真的好好走過一次，克服了所有難以辨識、製造錯覺的拐角，將高高低低、前前後後的景象攝入、鋪排，得到了如同一張鳥瞰圖般的認識，成功地走到了迷宮的出口，就再也不會被同樣這座迷宮困住了。

相較於卡夫卡，我對於解讀芥川龍之介比較有把握。形成的解讀都是明確從小說本身的一字一句中老老實實建構起來的，一旦形成了，就不太會改變，那些芥川龍之介寫下的字句固定在文本裡不會改變，我的看法、意見同樣不會改變。

那是一個極具挑戰性，也能有巨大收穫的解謎活動，然而不同於閱讀推理小說的經驗，所需要動用的解謎能力，不是理智，毋寧是強烈的感官聯想以及對於人際感情的掌握。解謎之後，讀者會因而不只更認識自己作為一個人的感情運作方式，更進一步豐富了自己內心的感情多樣性。

為什麼芥川龍之介和卡夫卡如此不同？多年纏繞著我的困擾，逐漸逼出一點思索的方向。我想：兩個人都最擅長於描述深度孤獨，然而卡夫卡的孤獨是從潛意識中，以夢一般的形式表現出來的。他的小說像是一場一場醒不過來的夢，其他人都不過是闖入夢境的現象，因為夢只發生在個人意識中，任何群體性、任何人際關係都是虛空的，而且就連夢的轉折都是極度個人性質的。讀卡夫卡的小說，等於是闖進了他的夢境中，不管讀了多少次，他的夢不會變成我的夢，總還是不熟悉他獨特的潛意識形構方式。

相對地，芥川龍之介的孤獨是在人群中體驗的。即使是他的內在意識，都被強大的集體性「人情義理」穿透，在和「人情義理」格格不入的狀況中感到孤獨。換句話說，在這一點上，芥川龍之介身上帶著強烈的日本文化特質，和形塑卡夫卡的西方現代個人主義疏離有著很大的差異。

芥川龍之介反覆在作品中呈現的，是被「人情義理」深深滲透的人們，如何徹底混淆了自我的外在與內在。很多時候人們根本弄不清楚什麼是自己真正的感受、想法，什麼是配合外界其他人期待做出的表現。只有在少數靈光乍現的時刻，人突然洞見了他人複雜的心理運作，或突然了解了自己的幽微心思。那些靈光乍現的時刻，就是小說要捕捉、應該捕捉的。

牽涉到人的行為必定不會有簡單的事實。從意識到動機到行為到效果，每一個環節都會有眾多變數，使得認知人、描述人、理解人，成為一連串的解謎活動。我們別無選擇被牽扯拖進這樣的重重謎團中，不得不一次又一次地試圖從一座座迷宮中活著、至少是盡量不受傷地走出來。

芥川龍之介的小說提供了一次又一次的迷宮演練，幫助我們培養起辨識迷宮、形成俯視鷹眼的能力。

這本解讀芥川龍之介的小書，主要以〈地獄變〉為核心文本，〈地獄變〉標題中的「變」字，來源是中國唐朝流行的「變文」，指的是將佛經中種種看似深奧的道理，用各種故事說給一般民眾聽。「變文」不正面說抽象道理，而是提供讓聽眾、讀者著迷的故事，卻在故事中超越了一般世事邏輯，逼著人們帶著驚訝或感動的情緒，自己去思考世事邏輯的破綻或缺點。

相當程度上，芥川龍之介的小說都具備這種「變」的精神，而我在這裡所做的，則像是還原「變」背後的用意，以免大家只讀到故事，而忽略了應該要有的在驚訝或感動中進行破解世事邏輯的修練。

第一章

〈羅生門〉歷久不衰的文學地位

「現代經典」和「傳統經典」的差別

文字書籍是人類文明偉大的發明，一直到今天都是讓人可以在最短時間內、最方便地進入另一個時空的管道。閱讀最大的樂趣之一，在於讓人離開現實。

長久的歷史中，旅行的一項重要作用，就是讓人離開自己熟悉的環境，面對陌生的空間與事物，我們的感官必然會變得格外敏銳。這是源自演化深植在我們基因中的一套自我保護機制。

身處熟悉的環境中，你就是廢物一個，抱歉用這麼刺耳的方式來表達這樁事實。意味著你不需要耳聰目明，不需要豎起耳朵聽見所有的聲音，不需要張大眼睛察覺所有的物體與形影。因為你已經都知道那是什麼。在日常熟悉的環境裡，大部分的感官都荒廢著，當旅行時去到陌生地方，身體裡的防禦機制啟動了，即使是本來在家裡也有的東西，在不同處境中都會重新吸引你的注意，你才看到了，你才聽到了。

我總認為：做為一個人有一種應該對得起自身潛能的責任，活著就不要一直停留在廢物狀態，要去動用感官，去嘗試感官最敏銳的極限，去了解自己究竟具備了什麼樣的感官天賦。

我們沒辦法天天去旅行，現在的世界也沒有太多還能讓人冒險的陌生地域了。但我們還有閱讀，閱讀是最好的替代。打開一本書，尤其打開一本對你來說是陌生的——陌生的題材、陌生的語句表達、或陌生的風格的——書，你就進入了一個不同的世界，動用了你平常不動用、不會動用的感官能力。

長期以來，我提倡、鼓吹大家閱讀「現代經典」，這些書和「傳統經典」最大不同之處，在於同時傳遞既陌生又熟悉的感受。這些書寫成於一、兩百年前，或六、七十年前，書中描述、顯現的生活、觀念、思考和我們當下有相當的差距，不專注不用心無法接收那樣來自過去的陌生訊息。不過這些書的內容和我們之間有另外一種連結——可以幫助我們了解當前的這種「現代生活」到底是如何產生的。

為什麼現在的人坐這樣的椅子？覺得這樣的家具才是適當的？覺得該如何設計家裡的空間、如何擺設家具才是對的、才是美的？現在的人為什麼如此安排時間，如此分配工作與休息，又理所當然認為休息的時間應該如何運用？我們生活在當代，太熟悉當代，也就將當代生活型態視為理所當然，因而遺忘了：放寬視野，用更大的時間尺度去看，我們今天的模樣對人類歷史上存在過的絕大多數人來說都是古怪的、不可思議的。

我們的這種生活有其來歷，沒有那麼理所當然。如果你想知道自己的生活是怎麼來的，你就必須超越當下現實，往前追溯。而「現代經典」就是在形塑「現代」世界上曾經產生強烈影響的作品，都是針對特殊的「現代」問題提出了精采的回應答案，所以能打動人心、產生效應。

而且這些作品成為「經典」，也就是通過了時間的考驗，證明了有超越於我們個人有限生命的一份強悍韌性，不依隨個人生命尺度而起落生滅。

這些經典越過時間而來，不是為我們而寫的。這些經典的作者活在和我們不一樣的時代、不一樣的社會，他們當然不會意識到我們的存在，也就當然不會要討好我們的品味、迎合我們的需求。這是最了不起的。

在生活中，我們花了太多時間在熟悉的事物上了。你吃的食物，你聽的音樂，你看的影視劇，你接收的訊息，都是知道了你的品味、你的需求而產製出來的。因此能夠被你接受，能夠提供給你一時的輕鬆舒服。

然而這其實是個集體共犯結構下的陷阱，讓你陷入一時的輕鬆舒服中，每天都只需要動用很小一部分的感官能力，讓百分之九十的感受與思考能力停滯不用，讓你持續將自己矮化、窄化，成為一個廢物。

「經典」跨越時空而來，不是在我們熟悉的價值與觀念體系中產生的，最大的好處就是刺激你，讓你意識到有人用這種方式活著，和我們當下現在習慣的方式很不一樣的方式活著。對應下，你活著的方式，感受與思考的方式，當然都不是唯一的，也不必然是最有道理，遑論是最好的了。閱讀「經典」等於是給自己一點時間和不一樣的人在一起，體會認知不一樣的生活與不一樣的思考。

「羅生門」效應

從我長期的閱讀中，我針對日本近代小說整理出一份系譜。其中昂然站立著幾位具有標竿作用的作家。接近起點的大家是夏目漱石，接下來有谷崎潤一郎和芥川龍之介，兩個人差不多同時崛起活躍，卻因為一個長壽、一個早逝而有了完全不同的影響作用。

接下來是另一個大山頭，作品既多且精，而且人生經歷了眾多複雜轉折的川端康成。和川端的幽微沉潛形成強烈對比的，有太宰治和三島由紀夫，他們幾個人撐起了戰後日本的荒蕪時期，讓日本現代文學沒有因為敗戰而徹底沉淪。

然後是大江健三郎和村上春樹。大江健三郎是有意識、刻意地對抗之前的日本文學風格，寫出一種扭曲挫折與屈辱的反省，可以說是越過努力要從敗戰中重新站立的前一代，提供遲來的戰爭反省，直指日本集體心靈內部的戰爭源頭、戰爭責任。而村上春樹卻是直接徹底掉過頭去，離開日本傳統文學，也離開日本近代文學，用一種混和西化的語言，寫一種帶有高度寓言性質的非寫實小說。

以這幾位作家為主軸，再將其他作家依照和他們的時代、創作、生活、風格等關係來安排，大致就可以知道該如何閱讀、理解這些作家與作品了。這是對我自己極度有用的參考座標系統。

談芥川龍之介可以從一個奇特的英文字，學校的英文課不會教，但很多美國人、英國人都知道、也都會在日常生活中使用的字說起。這個字是rashomon，網路字典上有這個字，媒體上經常出現這個字，在維基百科上還可以查到相關的"Rashomon Effect"。Rashomon Effect指的是針對同一件事，不同人卻有完全不同、無法調和的矛盾說法。也指同樣一件事，在不同人的經驗中，出於不同的心理作用，會有不同的perception（感知），產生了不同的記憶，每個人都堅持自己記得的、述說的是事實。

針對同一件事，這個人認為事實是這樣，那個人完全不同意，提出了徹底不一樣的說法，聽者無從判斷到底哪個人的說法才是對的，那就可以說“it's a rashomon.”。

Rashomon 這個字來自日本導演黑澤明一九五〇年的一部電影，在一九五一年參加威尼斯影展得到了「金獅獎」。這不只是黑澤明在西方電影世界成名的開端，也讓國際間注意到日本電影，靠著黑澤明和他的電影，一九四五年慘敗的日本以稍有尊嚴的方式，重新被世界看到。

如果沒有黑澤明、沒有這部電影，小津安二郎或溝口健二，更不用說後來的大島渚，可能都無法受到西方注意，也沒機會打入西方電影的視野中。**Rashomon** 是這部電影的片名，寫成漢字是「羅生門」。其實在我們的語言中，也會說「這像是羅生門」、「這變成了一場各說各話的羅生門」，同樣來自這部電影驚人的長遠影響。

電影的《羅生門》

《羅生門》這部電影的核心，是一樁命案，一個武士在竹林中死了，有七個人和這死亡事件有關，一個樵夫、一個老婦人、一個差役、一個行腳僧，然後還有當事人、死者及其妻子，和被懷疑是凶手的強盜。所以電影就呈現了這七人對於死亡事件的七段證言。

七個人，但命案發生後，應該頂多只有六個人還活著，不是嗎？所以有一段死者的說法，是藉由招魂找回死者的靈魂，附身在另一個人身上說出來的。

七個人說出他們所見到、所認為的事件過程。而最驚人的是三位當事人的說法，直接碰觸到凶殺事件，卻提出了三種完全不一樣的描述。事件背景是武士帶著年輕貌美的太太，經過竹林時太太卻被強盜擄走並強暴了。武士找到了強盜，雙方發生激烈衝突。

但之後發生了什麼事？武士怎麼死了呢？強盜說是在衝突中，他將武士殺了。太太說，她被強暴了，她丈夫在痛苦的表情中同時流露出對她的鄙視，將她視為已經被玷汙的破爛之物，因而她受不了，激憤中殺死了丈夫。但死者附身的靈魂則說，他是因為不堪如此受辱，以武士的尊嚴自殺的。

死了一個人，卻有三個凶手。到電影結束，沒有告訴觀眾事實究竟是什麼，就停留在這些人完全無法調和的各說各話中。

一九五一年，這電影引起了極大的震撼，因為如此特別、如此大膽，不給答案讓觀眾自己去想去決定，更重要的是，這份未解決、不解決的懸疑並不是故弄玄虛，而是三種說法、甚至七份證言，都呈現出人的激烈情感，和我們的現實日常都有相當距離，然而我們也都能體會。更進一步，如果說這裡至少有兩個人說謊，回歸那樣的情境，我們也都能夠理解，甚至感同身受他們為什麼要說謊，要用這樣的故事來保有自己僅存的一點尊嚴。

經過這麼多年，電影也許被遺忘了，很多人不知道、沒看過這部黑澤明的電影，然而Rashomon和Rashomon effect卻留了下來。後者甚至成了心理學上的專有名詞。

不過回到電影產製的過程，**Rashomon**這個字有著複雜、錯亂的來歷。黑澤明的電影改編自芥川龍之介的小說，然而芥川龍之介寫竹林命案的小說並不叫〈羅生門〉，而叫〈竹藪中〉。芥川龍之介有另一篇叫〈羅生門〉的小說，寫的是在京都「羅生門」躲雨的人如何搶了老太太的故事。黑澤明將這兩篇小說結合在一起，讓電影開場於羅生門，並且將電影就命名為《羅生門》。

但「羅生門」在電影裡還真沒那麼重要。其實不過源自芥川龍之介小說開頭的一段話：

一天黃昏，一個傭工在羅生門下躲雨。

寬敞的城門下，除了他之外沒有第二個人。只有一隻蟋蟀，停在處處紅漆斑駁的大圓柱上。羅生門既在朱雀大路上，照理除了他之外，應該還有兩、三個戴高頂女笠或軟頭巾的人在那裡躲雨的，然而除了他就沒有第二個人。

黑澤明將樵夫放在這個場景裡，電影畫面拍下雨的情況，有幾個人在門樓下躲雨，樵夫奔過來，神色慌張而且渾身顫抖。他並不是因為淋雨太冷而發抖，而是他遭遇了恐怖的命案事件。躲雨的人注意到他面色青白，渾身發抖，就問他發生了什麼事，於是對著這些躲雨哪裡都去不了的人，他說出了自己剛剛的經歷。他是第一個作證的人，從這裡引出他的證詞，讓我們進入這樁奇特的命案中。

後面的證詞及所有的故事，都改編自〈竹藪中〉，但電影片名是《羅生門》，以至於大家用「羅生門」來指稱各說各話的現象，就算有知道電影改編自芥川龍之介小說的人，也都以為「羅生門」這篇小說講的就是竹林裡武士命案的故事了！

文學的〈羅生門〉

「羅生門」產生了層層的誤會。很多人只知道黑澤明的《羅生門》，從來不知道、沒讀過芥川龍之介的〈羅生門〉。還有一些人誤以為芥川龍之介的〈羅生門〉和黑澤明的《羅生門》講的是同樣的故事。另外還有一層誤會：以為電影中表現的，就是心理學中所說的Rashomon Effect。

Rashomon Effect指的是人帶著既有的主觀立場與偏見，源自過去的經驗或現在的利害關係，因而影響對於一個事件的感受、體會、甚至記憶。不一樣的人對同一件事會有不一樣的經驗、不一樣的價值判斷。然而，電影說的不是這個啊！

電影從來沒有告訴我們事實是什麼，也沒有讓我們知道這三位當事人真正的感受。黑澤明自己說的：電影的重點在於表現人的虛榮，虛榮在人的生命中如此重要！每個人的習慣，對每個人最大的誘惑，是總要將自己想得、說得比現實來得更厲害、更高貴、更了不起些。

我們無法從電影中得知事實，甚至連要從七份證言比對拼湊出最接近事實的版本都很困難，因為那就不是電影的目的。黑澤明並非要拍一部讓觀眾自己當偵探去推理找凶手的電影，他要彰顯的是最普遍、最難避免的人性弱點——向別人陳述經歷時，總是習慣誇大誇耀自己。

在這方面，三位當事人有著同樣的態度，只是他們自我誇耀的方向不同。強盜在意的是階級，凸顯自己殺了一個地位比他高的武士。「武士平常仗劍拔刀很了不起的樣子，結果還不是在竹林裡被我殺了！」這是他的重點。

武士的妻子關切的是自己如何在受辱之後，仍然保有尊嚴。做為一個弱女子她無法抵抗強盜對她施暴，然而她絕對不願意在如此受辱之後，從丈夫的眼中得到再一次更痛苦的傷害，她寧可殺了丈夫都不要看到他那樣的眼光，這是她從精神上維護貞烈、表現貞烈的方式。

武士在意的是絕對不能受辱。妻子被奪是受辱，沒有殺了強盜也是受辱。在武士道中受辱之後贏回地位的終極方式，就是自殺，堅決不願苟活。依照武士道的尊嚴邏輯，他必須自殺，只有自殺是「對的」結局。

即便是突如其來無法防備的變局，即便是關係生死的重要事件，人都不會因巨大衝擊震撼而脫落所有的外表，呈露出真實，就連死魂也擺脫不了虛榮，都本能地優先保護自己的身分，講出符合身分與自尊的故事版本。

他們甚至為了虛榮而都選擇了對自己最不利的版本。武士說他是自殺的，那麼活著的人就無從替他報仇了；妻子說是她殺了丈夫，那就不只被強暴受辱，還要面對殺人罪的懲罰；強盜說是他殺了武士，那麼他的罪也從搶劫、強暴婦女，又升高為殺人，而且殺的是地位比他高的武士，在封建時代罪加一等。

黑澤明有效地在《羅生門》電影中傳遞了震撼的訊息，在當時是突破性的成就，但後來這份人性訊息被簡化、通俗化成了Rashomon Effect，重點轉成了面對客觀事件時，參與者的相對主觀與相對信念分裂。

將傳統物語賦予「現代性」

《羅生門》改編自芥川龍之介的小說，而芥川龍之介的小說又是改編自《今昔物語》中的故事。〈竹藪中〉取材自其中一篇〈具妻行丹波國男於大江山被縛語〉，而〈羅生門〉則取材自另一篇〈羅城門〉。

「羅城門」才是京都朱雀大路南方端點的城門名稱，後來京都人將漢字誤寫成「羅生門」，就這樣一直傳下來。於是很有趣、也很混淆，今天當說到「羅生門」時，到底說的是黑澤明的電影、芥川龍之介的小說，還是《今昔物語》記載的故事？

這中間絕對不能忽略了芥川龍之介的作用。黑澤明不是直接改編《今昔物語》的故事為電影的，如果沒有芥川龍之介的小說，黑澤明不會看中這個故事，將〈具妻行丹波國男於大江山被縛語〉故事改編成電影。《今昔物語》中的這個故事標題就表示了有一個帶著妻子旅行的丹波國男，遇到了強盜，被綁在路邊，人家救了他問他發生了什麼事，他說出了妻子被強暴的經過。在《今昔物語》中只有丹波國男對救他之人的敘述，是經過芥川龍之介改寫，才成為七段、七個人各說各話的證詞。

於是傳統的故事就轉型為現代小說。從改寫中我們可以看出芥川龍之介的特性：雖然取材自古老的故事，但他具備有清楚的現代小說意識，不只是有別於日本傳統說故事的方式，運用從西方借鑑而來的寫法，而且是西方都還正在發展中的一種「現代主義」式，帶有敘事革命性的最新手法。現代小說和傳統說故事最大的不同點就在於作者對於敘事的高度自覺。是誰在說故事？用什麼人稱從什麼角度？這樣的人稱角度可以呈現什麼，又無法看到、表現什麼？敘述要以什麼順序展開，時間要如何在敘事中順向或迴向或逆向進行？

從《今昔物語》的〈具妻行丹波國男於大江山被縛語〉到黑澤明電影《羅生門》，最關鍵的變化就在於敘述觀點，從單一聲音複雜化為七份獨白，再加上以視覺呈現的客觀場景。

是在芥川龍之介的手中完成這份關鍵轉化，才成就了黑澤明高度實驗性的電影拍攝方式。

芥川龍之介的小說〈竹藪中〉發表於一九二二年，三十年後由黑澤明依照他創造的敘事方式拍成電影，在西方觀眾間造成了震撼。此一簡單的事實說明了芥川龍之介的創造何等新鮮，如何遠遠超越了他的時代。

不只如此，芥川龍之介的現代性還表現在處理古老故事時的一份人性洞視，不是將重點放在事件上，而是凝視、探測人對於事件的反應。事件的人物、場景可以是古老的，帶有歷史性的傳奇味道，然而他要從《今昔物語》所提供的這個故事中去顯現事件觸動了人性中的哪一個面向，激發了什麼樣的衝動。如此被刺激出的「虛榮」於是不再是古老的，而具備普遍性，穿越時空對所有的現代人傳遞強烈的共同訊息。這是芥川龍之介最為擅長的。

羅生門下躲雨的傭工

黑澤明的成功帶來一項令人遺憾的副作用，是使得人們忽略、忘記了芥川龍之介的小說〈羅生門〉。那是比〈竹藪中〉更早七年，一九一五年，芥川龍之介才二十三歲時發表的作品。

那是他開始發表作品的第二年，還在東京大學英語科念書時。同樣是從《今昔物語》挪用的故事，但小說一開頭就寫出了帶有強烈視覺作用的畫面，難怪後來黑澤明會選擇這個場景作為電影的開頭。

黃昏時，一個傭工到羅生門底下躲雨，那裡空蕩蕩的，除了他之外，只有一隻蟋蟀。為什麼城門如此冷清？因為：

> 近年來，京都由於地震、旋風、大火、饑饉等天災人禍接踵而來，使得京中寥落得迥異尋常。據舊誌上的記載：佛像或供具被敲碎了，那些上了油漆或貼金的木頭，堆積在路邊，當作柴薪出售。京中的情況如此，羅生門的修繕當然被擱在一邊，誰也懶得去管了。而看中了這樣的荒涼，狐狸來此棲息，盜賊來此藏身，到後來甚至連沒有人認的死屍，也被棄置到這個城樓上來。因而到了日色西沉，就令人毛骨悚然，誰也不敢到這

城門附近來走動。

故事的背景是京都遭遇連續災難、貧窮困頓的非常時期，死了很多人，有的甚至無法好好埋葬，以至於人們連下雨天都不願到城門下來躲雨。

接著描述這裡有很多烏鴉，是被這些棄屍吸引來的，也就是吃了人肉的。但是在這一天的黃昏，不知道為什麼，連這些烏鴉都不見了，更形恐怖。過了一陣子雨停了，卻發生和開頭這段形容很不相稱的事。身處沒人願意靠近之處的這個傭工，在雨停之後竟然不是趕緊離開，還留在羅生門下沒有動。

然後，我們才知道原來他剛剛被解雇了，開頭說：「一天薄暮，一個傭工正站在羅生門下躲雨。」其實他已經不是傭工，連如此卑微低下的工作身分都失去了，因而他也不是真正在躲雨，下雨是事實，不過對他來說更具體的是一時失業沒了去處。

下雨還比較好，可以有藉口滯留在羅生門下，雨停了，連這樣給自己的藉口都沒有了，他非得面對自己前途茫茫的現實處境不可。然後：

> 再加上今天的天色，也對平安朝傭工帶來了不少的sentimentalisme。他有意無意地傾聽著朱雀大路上淅瀝的雨聲，一面茫然想著在一籌莫展之中如何打開僵局。

芥川龍之介故意夾雜了法文sentimentalisme（感傷、多愁善感），一方面是時髦，另一方面是要凸顯平安朝和現實日本之間的差距，並且預示接下來要發生的事如此詭奇，非當下時空所能吸收安放的。

雨停了讓他不得不想自己接下來呢？幾乎沒有什麼選擇，最有可能的就是餓死，差別頂多只是餓死在泥牆角下還是餓死在路邊而已。如果死了，應該就會以沒有身分的屍體再被送回這個城樓上吧！

還有什麼可能嗎？小說中跳出這句話：

> 傭工的想法，在同一條路上不知低徊了多少次，好不容易才到達了這個僻角。

什麼「僻角」？一個他自己一直抗拒著不願去想的念頭，一個陰暗的誘惑，陰暗到他必須避過去，卻被愈來愈悲慘的狀況逼了進去。那就是：如果不要餓死，就只能做賊，做賊是唯一還能活下去的辦法。

城樓內的神祕火光

這個茫然失落的傭工打了一個大噴嚏，發現連小說開場時停留在斑駁紅柱子上的那隻蟋蟀都不見了，他更孤獨了。然後天色一層層暗下來，疲累中他想至少找個能避風雨休息睡覺的地方吧！雖然小說語氣輕描淡寫，但帶有一種讓我們體會傭工處境如斯艱難的震撼力量。

他的想法是，那就到城樓上去吧！我們已經知道城樓上堆著屍體，他之前才剛想過自己死了也會被丟在那裡，幹嘛要現在上去？正因為城樓上都是死人、只有死人，和死人睡在一起還比較安全。於是他一級一級爬樓梯往上。

通羅生門城樓的梯子的中段，有一個人像貓一樣縮著身體，屏住呼吸，一邊探著樓上的情況，但是神奇的是，從樓上射下來的火光微微地映照在那個人的右頰上。

小說換成客觀的角度，讓我們先於要爬上的傭工驚訝地知覺了樓頭上竟然有光，光微微投映在傭工的右臉頰上。本來應該只有死人的地方，不只有火光，而且還是移動著的火光！當著雨夜，在這種狀況中「在羅生門上點燃火的，自然不是尋常人物。」我們更關切的，毋寧是：點火的是「人物」嗎？

然後再換回爬上樓的傭工主觀角度，告訴我們他看到的：

只見樓中與傳聞所聽到的一樣，亂七八糟地拋棄著幾具屍體，但因火光所及的範圍意外地狹小，數不清到底有多少。只能模模糊糊看出其中有赤裸的死屍，也有穿著衣服的死人。當然有男的，也有女的，似乎都摻雜在一起。而且那些死屍，幾乎讓人懷疑他們曾經是活人，好像是用泥巴揉成的玩偶似的，有的張大嘴巴，有的伸直手臂，東倒西歪滾在地板上。再加上肩、胸等高出的部分，朦朦朧朧映著火光，使低窪部分的影子，更顯得黑暗，像啞巴般永遠沉默著。

人體凸出來的部分朦朦朧朧，映著火光，使得人體凹下去的部分更顯得黑暗，像永恆的沉默一般。

傭工將頭探了上來，立即就聞到了屍體腐爛發出的味道，臭氣使得他不由自主地摀住了鼻子，但立刻他又將手放下來了。手拿起來摀住鼻子是不經思考的本能，現在卻有了讓他違背本能暫時忘卻了惡臭的新的、更強烈的感官刺激。來自視覺。他看到了火光的主人，那個「不是尋常的人物」，還真的很不尋常：

蹲在那些死屍中間的一個人，是一個穿著棕灰色的衣裳，又矮又瘦，滿頭白髮，像猿猴一般的老太婆。那個老太婆右手舉著燃著火的松樹木片，對著一具死屍深深地凝視著；從長長的頭髮看來，那應該是一個女人的死屍。

我們讀者和那個傭工一樣，看見火光的主人感到六分恐懼、四分好奇，霎時間幾乎連呼吸都停了，渾身的汗毛都豎起來。老太婆接著將燃著火的松樹木片插在地板縫上，雙手探向她注視的死屍頭部，像母猴子替小猴子抓蝨子般，將屍體的頭髮一根一根拔起來。死人的頭髮很輕易就離開了屍體。

看見如此詭異的行為，傭工心裡的恐懼倒是降了下來。那麼短的時間內，他內心經歷了重重轉折，從不知會見到什麼的恐懼，到分不清眼前是人是鬼的疑惑，到這時候心理產生了強烈的厭惡。因為他明白了老太婆是人，而且他也明白了老太婆是在搶死人的頭髮。

他的厭惡之感來自於目睹了極端的貪婪，貪婪帶來的猙獰邪惡。這個老太婆連死人都不放過，跑到死屍堆裡尋找頭髮，將頭髮拔起來拿去賣。他的厭惡其實也聯繫到自己爬上樓時的掙扎心情——要餓死，還是要去當盜賊呢？看到了老太婆那副可怕不像人的模樣，強烈的反感等於是給了他答案，解決了他的困境——無論如何都不要做賊吧，寧可餓死也不能變成這樣啊！

生存的終極抉擇

雨夜中在羅生門城樓上拔死人頭髮，這是不可饒恕的罪惡。激憤情緒下，他手持木柄鋼刀，跳上城樓，抓住了老太婆，將她推倒，把白晃晃的鋼刀伸到老太婆眼前。

老太婆沒有發出聲音，喘著氣，兩手顫抖著，眼睛睜得斗大，彷彿眼球都要從眼眶裡掉出來了。抓住老太婆時，傭工的心情有急遽變化，這時候他成為對應關係中的強者，徹底控制住了老太婆。顯然老太婆也害怕遇到了鬼，更何況還有一把鋼刀抵著自己，雙重的恐懼。

當他拔刀衝向前時，是帶著厭惡、要去消滅惡鬼的勇氣，但這時候抓在他手裡的，還原成為一個弱小的老太婆，完全不能怎麼樣，連一點反抗的能力都沒有。於是他一時的英雄氣概逐漸冷了下去，只剩下達成目的的一點安穩得意罷了。

他用比較和緩的口氣對老太婆說：「我不是官，不是故意來抓妳的，也不會如何對妳不利，妳只要老老實實告訴我在這裡做什麼就好了。」

老太婆的眼睛張得更大，一直看著他，眼眶發紅，像鷹隼肉食鳥般的銳利眼光盯著他。

皺紋將老太婆的嘴唇和鼻子連在一起了，像是在咀嚼著什麼似的不斷蠕動，喉頭稍微動了一下，一邊喘著一邊很小聲很小聲，發出類似烏鴉叫的聲音，說：「拔死人頭髮，要給自己做一個假髻。」

好悲哀啊。老太婆老了，頭髮掉了，因而來這裡拔死人頭髮，做成一個假髻綁在頭上，讓自己可以看起來像樣一點。傭工得到了這樣的回答一時不知該如何應對，在猶豫中剛剛拔刀衝出來的氣勢大概都消散了。

察覺到他態度的轉變，老太婆鎮定了原本驚慌的心情，膽子變大了，就對他說：「你可能覺得拔死人頭髮是多麼糟糕的事，但我要告訴你，躺在這裡的死人也沒有好到哪裡去。被我拔了頭髮的這個女人，我認識她，生前她經常去抓蛇，將抓來的蛇切成每段四寸長，曬乾了之後拿去宮裡賣，騙說是魚乾。而那些人笨笨的，買了吃了還說好吃。她一輩子這樣騙人，如果沒死的話，現在也還繼續騙人吧！」

然後老太婆又補了一句評論：「可是我也沒有覺得拿蛇乾去當魚乾賣有多壞，因為如果不做她就要餓死。我現在做的事也沒有壞到哪裡去，不做就會餓死，也是無可奈何的，如果你了解這是無可奈何的一個女人，你就放過我吧！」

這句話卻觸動了拿著刀的男人，使得他的心思又從同情快速轉變了。他收了刀，看著老太婆說：「真是如此啊！」老太婆替他解了心結，給了他原本找不到的答案：是啊，如果不做就會餓死，那麼做了也就沒有壞到哪裡去。

於是他將老太婆身上的衣服剝下來抱走了，他變成了一個盜賊。小說的最後一段：

> 像死了一般倒在地上片刻的老太婆，從死屍中站起赤裸的身體。轉瞬之間她發出如泣如訴的聲音，靠著仍在燃燒的火光爬到了梯口，她倒垂著雪白的短髮，窺視城門之下，外面只有黑洞洞的夜，誰也不知道傭工的去向。

這故事的原型來自《今昔物語》的〈羅城門登上層見死人盜人語〉，講的只是一個小偷在羅生門城樓上看見有人偷死人頭髮的「怪談」而已。芥川龍之介做了大幅的擴張改寫。原文中遇到這件事的人是小偷，是由小偷轉述的親身經歷故事，故事開始時他是小偷，故事結束時他也還是小偷。

但芥川龍之介將小說的重點放在人會不會變成盜賊，如何變成盜賊的經過。沒有必然人會或不會成為盜賊，小說中最精采的就是短短篇幅中，這位傭工的心情有了多少劇烈的轉變！

並不是走投無路的人必然會成為盜賊，成為一個什麼樣的人有太多偶然的因素，內在的困擾和外界的刺激相互作用，在每一個電光火石之際都可能產生無法預期的影響。

《今昔物語》的呈現方式，和芥川龍之介的改寫最明顯區分出傳統故事與現代小說。現代小說要給我們的，不是明確發生的故事，不是答案。小說最後結束在「誰也不知道傭工的去向」，我們也無法從羅生門城樓上發生的這件事去判斷他的前途走向，去決定他是什麼樣的人。小說毋寧是一個時光切片，提醒了我們人活在世界上的高度不定、無常，隨時可能遭遇重大變化。

第二章
芥川龍之介短篇小說的魅力

只寫短篇小說？

〈羅生門〉是芥川龍之介小說創作的起點，那是一九一五年，到一九二七年，他就自殺身亡了。他寫小說的時間，甚至比很晚才起步的夏目漱石更短。在日本定版的《芥川龍之介全集》中，一共收錄了一百四十八篇小說，都是短篇小說，沒有任何長篇作品。他和夏目漱石、谷崎潤一郎都不一樣，是一個自覺、專注而且細膩具開創性的短篇小說作者。當然，他沒有寫長篇小說，也可能是因為很年輕就去世了，沒有累積足夠的人生經驗在長篇中開展。

夏目漱石也是十幾年的創作時間中，主要作品都是具備內在厚度的長篇。一部分原因是他起步很晚，已經有很多的體會與充分的思考，再加上他有文學理論上的探求，發而為小說就不可能短小，必須有足夠的篇幅才能供他揮灑。

相對地，芥川龍之介的創作爆發期是從二十二歲到三十五歲，那樣年輕的時代。他還沒有非以長篇來鋪寫的累積，因而自覺地選擇了短篇小說作為主要的形式。這樣的選擇還有在當時日本文學環境中的特殊意義。對他來說，短篇小說是最明確的現代形式。

他討厭、反對當時流行的自然主義和「私小說」的寫法。在這方面，他和夏目漱石、谷崎潤一郎的態度是一致的，所以才能在日本近代文學史上各據創造性山頭。反對自然主義與「私小說」，正因為這兩種風格蔚為主流，眾人仿效，也就沒有太多藝術的空間。

夏目漱石對「非人情」再三致意，因為自然主義小說寫社會現實，「私小說」披露人生中確實發生過的事，都強調小說中的真實性、現實性，然而藝術必須在真實、現實之外有所創造、發明才能成立。如果不能有和平庸生活不同、主動離開「人情」去探尋人生意義的一種選擇決心，不會有藝術。只有帶著「非人情」的價值觀，才能跨入藝術的領域。

芥川龍之介認為：如果只是寫現實中發生的事，那是平庸的，而藝術之所以為用，要堅決站在平凡、庸俗的對面，拉開距離後對照顯現被平凡、庸俗所遮掩的人內在更深刻、更複雜的性質。

對芥川龍之介來說，流行的自然主義、「私小說」都寫得很長，還有愈寫愈長的傾向，因為裡面填塞了大量的流水帳。現實中平凡、庸俗的內容都在這錯誤的文學價值觀中被理所當然放進了小說裡。所以他自己寫小說時，關鍵的出發點是排除法，將太平庸的內容趕出小說範圍，當然也使得他的作品主觀地追求寧短毋長了。

芥川龍之介的另一個重要小說美學主張，是反對「以情節為中心的小說」。這個立場在他和谷崎潤一郎之間的論戰中，表現得最清楚、最強烈。

谷崎潤一郎也反對自然主義與「私小說」，也不喜歡小說中充滿了現實的流水帳。不過他選擇取代這種內容的，是非凡的奇情，是刻意不正常的女人，極度豔麗的情景，或激烈極端的情感，鬼魅的事件。他的小說中有著各種古怪、誇張的情節，推動小說，並且吸引讀者的好奇興趣。

芥川龍之介也看不慣這樣的小說寫法，他強調：小說中的故事是工具，不應該僭越成為目的。小說不是要讓人被故事吸引，為了得到奇情故事所以讀小說。小說是要進行藝術追求，揭露隱藏的、更深刻的人間情感交雜變化，因而不得不動用故事，讓故事來幫助傳達這沒辦法以其他方式呈現的訊息。

芥川龍之介後期作品中，有一批採取了筆記的形式，而他自己視之為小說，那就是「無故事的小說」，或「不以情節為主的小說」。他的寓言名作〈河童〉，自傳性最強的作品〈呆瓜的一生〉都沒有什麼故事性，重點都不在情節上。

另外他喜歡從傳統的文本中取材，改寫像《今昔物語》或傳奇筆記中收錄的故事，也清楚表明了故事只是工具的立場。小說家不需要自己去創造故事，拿別人的故事、現成的故事，也可以製造出自己的小說世界，傳達出原有故事不可能觸及的深刻意念，給讀者刺激、供讀者玩味。

傳統故事還有另外一項好處。故事的場景不在現實當下，可以讓讀者避開日常生活感應固定模式，更純粹地去體會、認知小說中要挖掘、分析的人性，不會被切身聯想干擾。

雖然他二十歲出頭開始創作短篇小說，但一起步就帶著高度自覺，從來沒有懵懵懂懂中寫作的青澀階段。

壓抑與叛逆

芥川龍之介在一八九二年出生於江戶（東京）的大川端入船町，一個很熱鬧時髦的城市地段。

西方勢力進入日本，強迫江戶接受外來事物，最早是從橫濱開始，接下來一步一步迫近江戶城，就在大川端出現了最早的「異人區」，也就是外國人出入、甚至定居的地方。

芥川龍之介原姓是新原，叫新原龍之介，因為他不只是辰年（龍年）出生，而且還是辰月（五月）五日辰時出生的，都是和龍有關的第五，理所當然該以「龍」字命名。他出生沒多久，媽媽的精神狀況出了嚴重問題，無法照顧他，於是由舅舅領養他，之後媽媽去世了，他也和爸爸斷絕關係，所以不再姓新原而改姓芥川。

成長的環境中，他清楚感受到西方文明的衝擊，對於西方文學潮流的領受甚至比曾經留學英國的夏目漱石都還要更加敏銳、也更加深厚。因為他居住在「異人區」附近，也因為他比夏目漱石更年輕，跨越了明治時期，進入了更形西化的「大正民主」時期。

「大正」十五年間，是日本歷史上的特殊時刻，最有意識、最清醒、最飢渴地吸收著西方文明。不同於明治維新在制度面及衣食住行上引進、仿效西方，大正時期觸動、改變的是日本的思想與價值觀層面。個人主義、民主自由、藝術實驗、現代焦慮等面向，都受到了強烈的衝擊。西方文明最核心的成分——文學、哲學、思想、藝術大量注入日本社會，讓這代成長、活躍的人明顯地和前一輩很不一樣。

芥川龍之介還有家世的影響。無論對新原家或芥川家，他都沒有歸屬感。在芥川家作為一個養子，還受到很大的拘束，依照他自己無奈的回憶，在那個家中甚至不曾有過任何一次大聲說話的經驗，那已經內化成為他的卑屈習慣了。

從他的作品中，我們可以強烈感受到那種襲面而來的叛逆性，這種個性的人竟然在養父家中如此壓抑，也就能夠明白文學對他具備有如何的發洩伸展意義，也能夠明白在文學創作方面，他絕對不會要遵循既有的規範，而是熱切地從外來的刺激中尋找自由。

短篇小說的形式很可能也是因為較少拘束而得到芥川龍之介的青睞。二十三歲就能寫出像〈羅生門〉這樣的作品，顯現他已充分掌握文學書寫上的減省濃縮技法。芥川龍之介對於經營有限的篇幅具備高度藝術自覺，意味著他非常清楚小說內容和現實有什麼樣的差別，兩者不能混淆，小說不能照搬現實，不是要記錄現實的。

藝術的自覺另外的一面是藝術家的身分認同。藝術家不是一般人，甚至不是正常人。必須對於人生與世界帶有非一般、非正常的心態與眼光，才能創造藝術作品，才能成為一個藝術家。而擁有特異心態與眼光，不會都是幸福好事，更常帶來的是痛苦付出的代價。

因而那份自覺裡包括了一種為藝術而痛苦、為藝術而犧牲的領悟，這早早就是芥川龍之介的生命選擇。從這個角度，我們才能了解他的經典傑作〈地獄變〉究竟在寫什麼。

與卡夫卡的異同之處

藝術真正要成就的，是揭露很多人自己都不知道，或混沌自欺壓抑住的人性。那是一般正常人cannot afford，不敢承擔、無能承擔的那部分，然而這部分仍然是人性，不會因為被忽略、被壓抑就消失不存在了。

芥川龍之介的小說會反覆回到這個主題上。一種通俗常見的評論說：「芥川龍之介的小說揭露了人性的惡」，這過度簡化了芥川龍之介的成就。芥川龍之介作品中更深刻地傳遞出的訊息是"we can not afford our humanity"。大部分的時候，我們無法承擔自己的真實人性。

真實的人性沒有那麼容易、那麼扁平、那麼方便。真實的人性是立體的，也是多變的，像〈羅生門〉小說中顯現的，從黃昏到天黑短短一段時間中，就能產生激烈擺盪的各種變化。而每一種變化，從失業的傭工到無奈的躲雨者，到悲哀預期自己會餓死，到義憤填膺衝出去要阻擋惡魔，到最後的猙獰盜賊，都是同一個人的人性。全部加在一起，才是人性的全幅。

全幅的人性中必然有很多我們想要逃躲卻不見得躲得過的部分，一直藏在人格深處，隨時有可能跳出來。

在日本社會中，芥川龍之介長期維持很高的地位，而且從來沒有真正過時被遺忘。一直到二十一世紀，日本文化界仍然有意識地要將芥川龍之介的作品推薦出去。他們認為芥川龍之介是日本近代作家中，最具世界性的一位。這是有道理的，相較於夏目漱石、谷崎潤一郎，更不用說相較於森鷗外、尾崎紅葉、志賀直哉等人，芥川的作品翻譯為外文，比較不會失真，比較能引起非日本讀者的共鳴。

其他的日本近代作家都比較「日本」，意謂著閱讀他們的作品需要比較多對於日本文化、日本社會特殊性質的基本理解，閱讀芥川龍之介的作品相對不需要那麼多的跨文化準備。

不過在向外譯介芥川龍之介作品時，有一種說法、一種策略卻讓我無法同意，那就是將他塑造、宣傳為「日本的卡夫卡」。卡夫卡也以短篇作品為主，寫了很多令人難忘的短篇小說，不過卡夫卡畢竟也寫了《審判》和《城堡》兩部長篇小說。更重要的，卡夫卡和芥川龍之介有著關鍵的差異，了解差異而不是混同相似，才能讓我們看清楚這兩位小說家。

芥川龍之介以高度的藝術家自覺創作，追求作品的高度完成。卡夫卡不是這樣。從書信、日記種種資料看到的，是卡夫卡在主觀上一直弄不清楚自己的作品是如何寫出來的。如果他想清楚要寫什麼樣的作品，恐怕就寫不出如此神祕夢幻般的小說了吧。

他的小說片段鮮明，卻又和現實保持相當距離，被看作一則一則的奇特寓言。從創作上看，他自己都不知道該如何處理這些內容，沒有經過嚴整的安排，帶給讀者的毋寧是強烈的暗示，像是一連串的神祕暗碼，吸引我們動用自己的經驗與感受，試圖要去解碼。他不是出於藝術追求的動機寫下這些作品，而是出於真實的存在困擾與痛苦，那是他從內在深處不斷閃現的靈光，或難題。他無法忽視，又無法解釋，只能掙扎地寫成文學作品。

中譯本的問題

看待「經典」時，我們慣常認定的價值是：這些書籍、作品通過了時間的考驗，到今天仍然存在著，證明其內在帶有「人性共同」——不受歷史變化影響——的內容。因而我們跟隨著會習慣在經典作品中去尋找、去凸顯那些「人性共同」的部分。也就是採取一種將經典「熟悉化」的閱讀方式。

不過我會特別提醒、甚至警告這種讀法有其風險——很容易將經典給扁平化了。經典所產生的時代、社會特殊性被忽略了，剝掉了這些讓每一本書內容相異取得其個性的部分，只汲取各部經典相似的部分，那麼讀再多本經典，不都重複接收同樣的訊息？

面對經典，我們有時還是應該試著從相反方向來看，去注意經典記錄的不同時代、不同環境而增加了文本的厚度，增加了書籍內容的價值。

我曾經用幾年的時間，和趨勢教育基金會合作，在教育電台的《文學四季》節目中有系統地整理、介紹一九四九年之後台灣的長篇小說作品。我這一代在成長時，因為七〇年代報紙副刊大爆發的關係，短篇小說最受到注目，也獲得了最高的成就與影響力。我自己的台灣文學養成中，每天追讀各家副刊上刊登的短篇小說，讀了很多，相對地忽略了長篇小說。

因而抱持著「補課」的心情，我重新尋找、閱讀那段時間的長篇小說作品，有系統地讀下來，得到了我覺得值得和聽眾、讀者分享的收穫。年少、年輕時，我沒有覺得台灣的長篇小說有很高的成就與地位。一些當時有名或流行的長篇作品我也讀過，並沒有留下深刻的印象。但是幾十年後重讀，經過了時代變遷，因為社會環境、背景完全改變了，讀出了特殊的感動。

經過了時代，至少有兩項因素會明顯地影響我們如何閱讀、領受這些作品，包括其內容及其呈現的方式。

第一，同時代的人寫同時代的事物，大部分的描述我們都快速一眼看過去，因為那就是我們自己所處的環境，馬上能夠產生準確的聯想，不需要多費工夫。然而閱讀這些過去時代的小說，裡面有些原本不重要，甚至作者不經意提及的細節，這時候會跳了出來，吸引注意。因為那是逝去了的生活，和今天不一樣的，會刺激出懷舊心情的訊息。

第二，隨著時間的流逝，那個時代的評價系統也遠離消失了。跨越長時間回頭讀這些作品，我們很難去判斷哪些是作者原創的，哪些是當時所普遍流行的。在那個時代，眾多作品並陳，必然會分出一流、二流、三流的作品等級，並且有一流之所以一流的道理，也就是其中有二流、三流作家寫不出來的部分。

但現在只剩下少數一流作品留下來，失去了眾多二流、三流作品的陪襯對照，我們很難再精確分辨出什麼才是這位作者最特殊的寫作手法。裡面有些對白，有些情節推演的方式，有些情感放置情境的安排，在當時可能都是成套的習慣寫法，大家都那樣寫的。那樣的習慣現在沒有了，於是當時讀來覺得俗濫老套的內容，我們今天卻覺得陌生、新鮮，因而讀得興味盎然。

所以如果要更認真分析經典的價值，非得將經典放回其產生的時代，認識是在什麼環境中產生了這部作品，才不至於錯估了作品真正的突破、原創成分，恰如其分地認知、敬佩作者的貢獻。

芥川龍之介經常挪用古老的傳奇故事來寫小說。為此他創造出很不一樣的語言文字運用方式，在翻譯中造成了特殊的困擾。芥川龍之介作品很早就譯介入中文世界，他的「名篇」，像是〈鼻子〉、〈山藥粥〉、〈枯野抄〉、〈地獄變〉、〈羅生門〉、〈竹藪中〉等都被譯過很多次，有很多譯本。因而這幾篇的中文翻譯不太可能會出錯，也提供了很好的機會，讓不懂日文的讀者可以蒐集不同譯本來對讀，不同譯者獨特的中文用字、句法習慣，彼此對照抵銷，比較能還原體會芥川龍之介原文的風格。

唯一特別要提醒的，是芥川龍之介取材於古代故事的小說，通常會區分敘述和對話兩種不同語法。敘述的語法比較現代，但當寫到對話時，有時會刻意重現古時說話的方式，不採取現代日語的說法。

在中文翻譯上經常見到的作法，是想當然耳遇到了古日語，就譯成文言文或文白夾雜。這實在是很糟糕的選擇，顯現了對日文和中文都缺乏歷史性的了解、掌握。中文裡的文言文是一種書面上的文字，最大的特色就是和語言區隔開來，主要是存在於書寫中的，說得更明白些，也就是不管哪個時代從來沒有人那樣說話的。而芥川龍之介放入對話中的古語，卻是重現和現代人不一樣的古人說話的方法與口氣，讓讀者一方面離開了現代的情境想像，得到異質的感受，另一方面又有了和角色拉近距離的臨場感。

將這樣生動的古語翻譯為文言，那就嚴重違背作者的本意了。還寧可譯者不要去管芥川龍之介想要如何創造「古意」，直接將對話譯為現代口語中文，如果更講究一點，那應該是動用中國傳統章回小說裡的那種帶些粗野的說話方式，比較能接近芥川龍之介所設計的效果。如果譯者將這種對話譯成了文言文，請一定要知道那和芥川龍之介的本文有太大的差距了。

小說的虛構性與現代性

芥川龍之介在作品中不只是取材古本文獻，將人物放進歷史環境、背景中去推演情節，在故事中虛構人物、情節、對話，甚至進一步虛構文獻，創造其實並不存在的史書，這正是他作品中重要的「現代性」所在。

這是對於小說虛構性的突破、拓展，早在西方對於小說與虛構關係的理論探討，討論小說該如何虛構，可以容許或不能容許什麼樣的虛構，虛構是否有其界限等種種問題之前，芥川龍之介已經用很自然的筆法寫出這些具備高度實驗性的作品。刺激他朝這個方向實驗開創的動機是什麼？

他顯然很了解、也很在意如此虛構產生的閱讀效果。藉由不同於現實的異質環境，在和我們很不一樣的時代、社會裡，降低我們對於這些人身上發生的事，他們所遭遇的種種可能會有的防衛、抗拒心理。

我們不能將芥川龍之介這些作品視為「歷史小說」，他的重點不是將我們帶到特定的歷史時空去了解那段歷史中的人與事。他創造出的效果是藉由異質時空避開我們必然會有的直覺評斷與懷疑。對於同時代的人寫的同時代的事，我們無可避免一定有對於內容是否符合我們的經驗，是否可信、合理的評斷。放在我們熟悉的環境背景中，只要所描述的事情或感受稍微離開、溢出一般認定的「正常」範圍，讀者心中就自然出現了抗拒，一個潛在的聲音會不由自主地問：「這怎麼可能？這怎麼可能？」

防衛與疑惑減損了作品的力量。而如果將敘述的內容搬到讀者不熟悉，甚至從來不知道的一個社會，閱讀中失去了對於那個環境人與人互動關係中什麼可能、什麼不可能的前提假設，作者就取得了一份自由，能夠在作品中放入更廣泛的行為與心理，探索更多樣的人性表現。

那是在不自覺層面運作的閱讀心理。將背景放在古遠的平安朝，立即你就失去了判別方位與界限的座標。你不會認為自己知道在那個時代人應該如何行為，什麼是可能的、什麼是不可能的。

芥川龍之介喜歡寫這樣的小說，降低讀者的防衛、讓讀者暫時擱置判斷，讓小說中的人物與情節得到更大的開展空間，能夠有比我們自己這個社會中認定的「正常」範圍更激烈、更極端的行為、思想或感受。

因為被放置在讀者陌生的環境裡，在沒有啟動防衛機制的情況下，讀者將小說內容讀進去了，認知其為人的行為。這很像尼采（Nietzsche）一本著作書名《瞧，這個人》，那裡面有一種挑釁的姿態，要你看啊！這裡有一個人如此活著、如此思考、如此相信，你們之前沒有認識過、甚至沒有想像過的一個人！而他是人，是不折不扣的人，你們無法否定，於是在注目凝視這個人時，我們被迫擴大了對於人的理解、對於人的想像、乃至於對於人的好奇。

芥川龍之介小說的底蘊有這麼一份姿態，暗藏挑釁。平常刻畫表現離經叛道的人或行為，立即引發了讀者的反感抗拒，拒絕進入這個人或這些人的故事裡。所以芥川龍之介習慣將故事搬到不同時代裡去，而且他的手法運用得極度純熟，讀者在閱讀過程中得到的是微微可以忍受的刺激，心裡想：「啊，怎麼會有這種人？」繼而心情便成了：「啊，竟然有這種人！」

從懷疑到驚嘆，最後再到帶點amusement地體會、承認：「啊，是有這種人。」在過程中，擴大了對於人的行為的認知範圍。

藉由一篇一篇的這種小說，芥川龍之介探索、推擴人的行為可能性邊界。如此呼應了他自己所生活的社會，在那個社會裡，舊有傳統對於人的定義，什麼是人、人如何行為、人怎麼活著，固定的答案在「明治維新」中紛紛瓦解，現實快速改變。芥川龍之介傳遞了一項明確的訊息：「人比原來你以為的任何定義或許都更多樣、更複雜些。」

從〈鼻子〉中看見的人性

芥川龍之介最常被選被讀的短篇名作之一，是〈鼻子〉。這篇小說逼著讀者去思考其實不那麼舒服，一般正常狀況下不會願意思考的問題——我們為什麼歧視別人？歧視的心理、態度是怎麼來的？

小說中呈現了一個很簡單、卻也很殘酷的通則：如果有人比你倒楣，你就會覺得自己有資格歧視他，而且往往就自然地生出了歧視之感。一個人因為身上多了不好的東西而和你不一樣，例如有臭味或有膿腫，你就自然輕視他，覺得可以歧視他。

我們將很多行為、動作視為理所當然，那是我們正常狀況下可以輕易完成的，於是就以這些行為、動作當作天經地義的標準，用來評判、瞧不起那些做不到的人。

小說〈鼻子〉一開始出現連吃個粥都必須大費周章的情景，要用板子將長長的鼻子挑開來才能吃到東西，我們覺得好笑，也完全認同小說裡別人覺得他好慘啊，更進一步認同他當然要想辦法讓自己的鼻子變得「正常」。

芥川龍之介引我們去看，啊，這個人，竟然有這樣的人，我們驚訝、我們同情，自然認為他的鼻子最好可以變短、變得和大家都一樣。然而挑釁之處在於，他的鼻子真的變短了，他身上失去了原本被歧視的原因，那會發生什麼事？既然歧視的原因消失了，當然他就不會再被歧視了，不是嗎？

但真的會按照我們這樣的預期發生嗎？芥川龍之介寫了一則寓言，放到古代的一座廟裡去搬演，為了告訴我們：如果你認為鼻子變短了，他就不會再被嘲笑歧視，那表示你對「人」，包括你自己在內的人的現象認識不夠。

他的長鼻子不見了，不再會有各種不方便，在那些習慣嘲笑他的人眼中，他們看到的卻不是他就和大家一樣正常了，而是因為他現在連長鼻子都沒有了，而顯得更荒唐、更好笑！

這是什麼樣的心理啊？芥川龍之介明確地在這裡擺放了一根刺，他說：

> 人心存在著兩種互相矛盾的感情。當然人皆有惻隱之心，對旁人的不幸總會寄予同情，然後當事人設法擺脫不幸之後，卻又心有不甘，不知怎地讓人覺得悵然若失。說得誇張點，甚至會希望那個人再度陷入以往的不幸。於是乎，態度雖然消極，卻在不知不覺間，對那個人懷起敵意來。

人多麼複雜啊！看到畸形大鼻子會產生嘲弄歧視，但同時還會有一份同情限制著歧視。等到這個人的畸形消失了，原有的同情沒有了著落之處，讓原本既同情又歧視他的人感覺若有所失。於是油然而生的，不是接納他為平等的「正常人」、一般人，而是負面的敵意，格外無法忍受改變之後的他。

這樣的訊息，如果放在現實環境中，光是看到描述一個人鼻子長到那麼大，大到吃飯的時候要把鼻子抬著，很多人會認為「太荒唐了！」因而不願再讀下去，就算讀了也對於小說產生了一種防衛的距離。這就是為什麼芥川龍之介要將場景設定在古遠時代的寺廟，讀者接受了那種陌生環境裡可能產生的種種光怪陸離，接受了小說中的鼻子設定，隨著投射想像力去體會這樣一個人和其周遭旁人的心理反應，於是他要傳遞的尖銳人性揭露、批判訊息就進入了讀者的意識中，產生了刺激效果。

簡單的故事，複雜的人心曲折

在〈鼻子〉這篇小說中，芥川龍之介兩次提到了「利己主義」，於是有中文譯本的「解說」就理所當然總結：這篇小說揭露了人的「利己主義」。這是典型有害無益的「解說」、「導讀」方式。我自己當下正在做的，也是「解說」、「導讀」，我當然不能自打嘴巴說這種工作沒有意義，但我還是必須堅持「解說」、「導讀」的責任。太多「解說」實際上只是用粗暴的方式將作品「摘要」，提供一個解說者主觀選擇的簡化版本，更糟的是，用三言兩語濃縮作品所傳遞的訊息，對我來說，這絕對不是對於文學作品對的、好的「解說」與「導讀」方式。

「摘要」將文本變簡單，「解說」、「導讀」卻應該提示作品中複雜的部分，挖掘出讀者可能忽略了的深層、隱藏訊息。論述清楚的學術論文，可以有、需要有幫助讀者節省閱讀時間的「摘要」，文學作品卻不需要。一部長篇小說一定有其寫那麼長的道理，才能成為合格的文學傑作，而我們閱讀文學正是因為人生中有太多無法以簡單抽象語言交代的經驗、思想與感受，那既是生活的現實，也是讓生活能變得豐富有意義的泉源。文學幫助我們活得複雜、活得豐富，那麼文學的「解說」、「導讀」的作用就應該是抗拒簡化，非但不能將作品講得簡單，相反地應該讓讀者理解作品比他自己閱讀時以為的要複雜、豐富得多。

小說〈鼻子〉表現了人的「利己主義」。這種句子很像考卷上的填充題或簡答題。如果老是用這種教育系統，將所有課文都用要考試、要有簡單標準答案的方式閱讀，永遠進不了文學的世界，不可能真正體會文學的價值，無法從文學中得到人生的豐富滋養，更不用說要能享受文學帶來的刺激與領悟了。

芥川龍之介小說中的故事是簡單的，然而乘載的心理反應卻是複雜的。例如〈山藥粥〉寫的不過就是利仁請五品去吃山藥粥的故事，然而特別之處在於牽涉到期待與實現間的對應關係，於是到最後，我們被引領去體會、思考這項弔詭：夢想或期待實現了，不見得都是好事啊！在不對的情境中，夢想實現甚至可以是災難一場。

說到「夢想實現」時，你心中會浮現什麼情景、生出什麼感覺？一定不會是芥川龍之介在〈山藥粥〉中所寫的那樣。小說前頭他花了很大篇幅鋪陳形容五品這個人，他多麼卑微、膽小，生命中的夢想也同等卑微、膽小。他的夢想不過是：如果可以吃山藥粥吃到飽，該有多好啊！

有那麼一天，利仁讓他實現了夢想，帶他到很遠的地方，在那裡有堆積如山的山藥，大方、豪邁地放進到大鍋子裡。於是他放量大吃，卻根本還沒吃到飽，就受不了、吃不下了。

依照我們平常對於人性的簡單認識，利仁是好心，特別安排幫五品實現夢想。你有夢想吧，如果出現了一個刻意來為你實現那夢想的人，你會想像覺得他是個壞人？

卑微、膽小的五品太常被戲弄了，以至於他不敢相信利仁真的要幫他實現夢想。去到吃山藥粥的路程又極其遙遠，好像怎麼走都走不到，更是使得他不確定利仁真的要讓他去吃山藥粥，不敢相信自己吃得到。甚至我們閱讀時都產生了懷疑，預期應該有什麼壞事或禍事等著五品吧！

但沒有啊，過了一夜，第二天一早，動用了那麼多傭人，就是為了要煮一大鍋山藥粥給五品吃。現實上，這裡有幾天幾夜都吃不完的山藥粥，一個一直想要吃山藥粥吃到飽的五品，卻在這個情境中，在還沒有吃飽，沒有到達夢想過千百次的滿足程度前，已經吃不下了。

突如其來的轉折，你能理解嗎？你會認為很奇怪、很難接受嗎？不會吧。絕大部分的讀者讀到這裡都理解、都接受了，甚至也都明白了，利仁應該不是出於善意，而是不懷好意去做這件事的。等著五品的，確實是一樁禍事，他確實被作弄了，然而利仁作弄他的方式和我們原本以為的很不一樣，作弄產生的效果，也比我們原先以為的更糟糕。

如果他讓五品歷盡艱辛卻沒有吃到山藥粥，或吃到不對的、難吃的山藥粥，或在某種令人討厭的環境裡吃山藥粥，這些我們想得到的惡作劇情境中，五品會失望、會痛苦，但他會仍然保持著對於山藥粥的夢想。利仁最可惡的地方，是徹底毀滅了五品的夢想。他甚至無法在堆積如山的山藥圍繞下吃山藥粥吃到飽，那份以山藥粥為至高享受的期待已經徹底被破壞了。

〈山藥粥〉裡用善意包裝的惡意

叔本華悲觀地主張：人活著只能是永恆的痛苦，因為人會一直有欲望。欲望有三種狀態：第一種是欲而求不得，想要卻得不到，那當然是痛苦，對你愈重要愈想要的，得不到帶來的痛苦就愈深愈強烈。

第二種狀況是所欲的對象得到了，卻發現和原來欲求時想像的很不一樣。欲望引導你產生幻想，在自己的期待中填充了所欲對象的內容，然而那是來自你的主觀，不見得符合客觀事實，於是欲望實現的瞬間，同時也就是主觀幻想被打破帶來幻滅失望的瞬間，因而那也是苦。而且這是雙重的苦，不只是沒有得到欲望的對象，甚至連原本主觀幻想裡建構的那個對象及其帶來的希望，一併消失不見了。

還有第三種狀況是欲望得到滿足、預期、想像成為事實。這應該是樂，就擺脫痛苦了吧？不，因為時間不會停留在欲望滿足的片刻，時間繼續往前走，人繼續活著，於是每一分鐘、每一小時，你所得到的滿足就持續消退、貶值。這也是雙重的痛苦。在沙漠裡幾乎渴死的苦難中好不容易喝到了一大口水，那樣的滿足、欣喜，然而第二口、第三口不可能維持一直帶來同等的滿足。還有，等你喝夠了水，不再口渴了，喝第一口水時那種程度的滿足、欣喜也消失不見了，再也找不到、再也回不來了。於是這時候，其他的欲望取代了喝水，占據了你的感官，又將你投入第一種狀況中去受苦了。

叔本華有其哲學立場，為了建立他的哲學系統（世界是由意志與表象所構成的），因而將這種悲觀圖像形容得如此極端。真實人生中，幸好我們不會看得如此「透徹」，仍然靠著有預期、有追求而能夠安排自己的生活，然而在〈山藥粥〉這篇小說裡，芥川龍之介敏銳地點出了當人賴以在精神上維生的預期、追求一旦被抽掉時所帶來的弔詭痛苦。具體來說，對於五品，利仁是給予，費心費力讓五品能吃一頓夢想中的山藥粥餐，五品得到了，但為什麼五品卻是痛苦的，更重要的，作為讀者，我們不只完全理解五品的痛苦，我們甚至立即體會並相信，利仁這樣做絕對不是出於善意好心？

因為潛藏在外表具體經驗底下，我們了解五品的損失，我們能夠感同身受的巨大損失。於是五品就不再是特定日本封建武士結構中最膽小、最不成材的一個人，他和我們之間有了緊密的連結。我們都有自己心理、精神上的「山藥粥」，只是不見得清楚那是什麼，以及那樣一份夢想、預期到底有多大的作用。一直到如果有一天夢想、預期也突然被取消了，你會有多麼痛的領悟，知道了自己的生存基礎在哪裡，有多脆弱。

利仁的惡意表現在故意延宕五品的行程，讓他一路擔心這次又還是吃不到山藥粥，也表現在故意對比顯示五味賴以生存的夢想、期待，相較於利仁自己的資源，有多麼渺小。滿足五品的夢想、期待，只需要一鍋山藥粥，他卻準備了堆積如山的山藥。物以稀為貴，反過來，堆積如山的山藥，別說飽吃一頓，可能要連續飽吃一個月都夠了，原本珍稀的性質徹底被毀滅了。

小說裡還動用了「怪談」的自由，讓狐狸出現，乖乖聽利仁使喚去送信。在這樣一個人眼中，一鍋山藥粥算什麼啊！強調凸顯了兩人之間天壤之別的差距，實質上等於是剝奪了已經很卑微、很可憐的五品那一點點活著的樂趣。這多麼殘酷，而且利仁完全沒有必要做這樣的事，只能是出於最純粹的惡意。

從表面上看，利仁做了一件好事，要幫助五品實現夢想，然而整件事內在卻透露了超越惡作劇的更深層的惡，重重傷害無助的五品，只為了滿足自己的優越感與嘲弄之樂。

無解的〈疑惑〉

什麼是現代或現代性？在芥川龍之介作品中反映的現代性就在於超越傳統上簡單的善惡分辨，刺激讀者打破固定善惡觀念，看到更複雜、更曖昧的善惡交雜，或善惡表裡矛盾。

芥川龍之介寫過一篇小說〈疑惑〉，直接指向倫理學問題。小說中的敘述者我接到了外地的邀請，去進行一系列的實踐倫理學講座。他不只是教倫理學的，而且特別是實踐倫理學——探討如何在現實中形成倫理學判斷，依循倫理學做人做事。

這個人對於自己的知識與立場很認真，所以他事先言明，絕對不要歡迎會、也不要住豪華旅館，他要忠於自己的學說，過誠實的生活，不要那種吹捧、炫耀的外表。

於是對方幫他安排住在郊外的一座大房子裡。住了一陣子，課快上完了，有一天晚上在房子裡出現了一個幽靈般的人，進到他房裡找他，表示有問題要請教。他要對方到課堂上問，對方卻堅持一定要在此時此處問。

這個人的問題源自將近二十年前，發生在一八九一年的濃尾大地震。大地震之前他娶了妻子，在學校中當教員，妻子是學校校長的養女，所以婚姻是校長好意替他安排的。地震來襲，房子瞬間塌下來，他自己受了傷，妻子則被一根大木梁壓住了。妻子動彈不得只能叫他，他努力想辦法要去救，但無法移動那沉重的梁木。慌亂中他察覺到大火燒起的濃煙吹過來了，妻子仍然脫不了身，突然他心中產生了強烈衝動，大叫一聲：「要死就一起死！」拿起瓦片重重敲妻子的頭，將妻子先打死了。

然而他自己卻沒有死在預期會燒過來的大火中。他活了下來。妻子之死成為他心中的祕密。他記得自己當時的心情，也覺得如果將這件事說出去，別人應該可以了解。他當時想的是與其讓妻子被大火活活燒死，不如先讓她解脫，不用受那樣的痛苦。而且他深信自己也活不了，寧可接受火燒的折磨。

但是他卻無論如何說不出口，不能對任何人說明這件事。他變得很消沉，於是身邊的親友們好意幫他安排，鼓勵他再婚，找了一個對象。要再婚前，他進到書店翻開一本書，在裡面看到了當時濃尾大地震的照片。其中一張竟然就出現了妻子被壓在木梁下的畫面！

受到震撼，從書店出來後，他突然明白了自己為什麼無法說出那個祕密，應該是他心裡其實有殺害妻子的動念，所以才做了那樣的事。接著他對倫理學教授告白了他和妻子之間的故事。

他太太身體有問題。什麼問題呢？小說中顯示：「以下刪去八十二行」。這是很簡潔有效的表示法，當時的讀者立即就明瞭那是關於性方面的內容，太露骨了所以不能放進正式的出版品中。同時也就能夠體會，說這個故事的人瀕臨瘋狂，才會對一個素昧平生，頂多只是講了幾堂課的倫理學教授，傾吐出露骨到不適合刊印的私事。

妻子身體的問題顯然讓他無法得到性方面的滿足，累積了他的怨恨。然後還有另一項因素加深了他的「疑惑」。他聽到同事之間談論地震，說到了他們認識的一個老闆娘也是第一時間被壓在木梁底下動彈不得，後來火燒高溫中，木頭改變了形狀，她險險得以逃出。

所以他要問倫理學教授：「我是一個殺人犯嗎？」

小說的重點，在於鋪陳了一個連倫理學教授都無法解開的「疑惑」。注意，芥川龍之介特別安排了從倫理學，而非法律的角度來呈現這個「疑惑」。倫理與法律不同之處，就在於不是單純從外表行為來判斷善惡。甚至應該說，就是有了倫理上的考慮，才使得法律都要考慮動機，對於相同的罪行，依照不同的動機給予不同程度的懲罰。

然而小說中真正的難解疑惑在於：連當事人都不清楚自己的動機是什麼。行為是看得見的，是固定的，但動機呢？誰能夠知道、能夠判斷、能夠決定驅策行為的動機是什麼？一輩子研究「實踐倫理學」的學者有辦法嗎？還是心理學家或偵探、法官？

作為當事人、行為者，多少時候我們清楚意識到自己的動機，並且對於自認為的動機有充分的把握？我們每天都在做多少動機不明的事，還有，多少我們自認為出於善意動機的事，真的經得起更進一步的追究探索嗎？

人的行為與動機的關係有這麼簡單嗎？一個人從外地來教「實踐倫理學」，但他真的能夠知道什麼是善、什麼是惡嗎？如果折磨當事人最深切的痛苦，就是他弄不清楚自己在地震中那麼重大的行為出於善或惡的動機，那麼倫理學，尤其是實踐倫理學，如何找到可以著力的基礎？身為「實踐倫理學」專家，大老遠去講授「實踐倫理學」這件事豈不成了反諷？

真實的人生，比起許多管轄人、描述人的原則與現象都要更複雜。這樣的複雜性一般在日常生活中不會顯現出來——一般當我們描述人的時候，我們用的就是簡化的原則與觀念。所以才會需要小說，由小說創造了極端的情境，將人們所逃避、慣常逃離的複雜性戲劇化之後呈現。

〈袈裟與盛遠〉看不透的人心思緒

芥川龍之介有一篇小說，標題叫〈邪宗門〉，創作時間和他的名作〈地獄變〉幾乎重疊，而且其內容也顯然和〈地獄變〉密切關聯。〈邪宗門〉的主角就是〈地獄變〉裡主人的兒子，是〈地獄變〉的續篇，然而這篇小說連載到一半就停了，芥川龍之介沒有寫完。小說中描述一個有法術的基督教傳教士來到京都，幾乎勝過了所有的人，關鍵時刻，主角出現說了一句話，但小說就戛然而止了。我們只能知道，對於已經非常複雜的〈地獄變〉，芥川龍之介都認為還有沒說完的，要放在續篇中呈現。

還有一篇〈袈裟與盛遠〉，這是兩個人名。小說分成兩部分，是兩段獨白。前面是盛遠的獨白，陳述他和袈裟之間的關係。盛遠很年輕時迷戀上了袈裟，卻追求不到這位少女，經過了三年，他又和袈裟重逢了。他有一個清楚的念頭，他要去殺人，殺袈裟的丈夫。

他回憶當年自己還是童子身，在還完全不理解和女人間的情欲關係時，產生了對袈裟最強烈的迷戀。重逢時，袈裟已經結婚了，但他還是去勾引袈裟，和她幽會。此時的盛遠，已經不是那個純真的少年了，他驚訝地發現袈裟怎麼會在三年中老了這麼多，而且也變醜了。一部分因為他經歷過女人，對女人多了認識，不可能再以天真、幼稚的眼光對袈裟或其他女人感覺到當年的那種驚豔了。重逢時袈裟對盛遠表現了對於丈夫的情感，盛遠覺得她說的不是真話。要如何證明袈裟說謊？最好的方式就是去勾引她，讓她背叛丈夫。

和袈裟幽會成姦，得手了之後，盛遠非但沒有因而恢復對袈裟的迷戀，反而是原本殘存的一點點愛都消散不再了。然而過程中發生了一件奇怪的事，他反覆在袈裟耳邊低語：「妳不是想殺他嗎？妳不是想殺他嗎？」說了太多次了，終於袈裟含著淚回頭看著他，答應了這件事，讓盛遠去殺她自己的丈夫。

盛遠的獨白發生在一個荒謬的時刻。他正準備為一個自己並不愛的女人，去殺一個他完全不恨的男人。從正常人的角度，這是一件莫名其妙的事。盛遠的動機到底是什麼？

來自於他對袈裟強烈的輕蔑，他無法抵抗內在這份最強烈的誘惑。他一直想證明袈裟比當下他所看到的更壞更卑劣。一再地說：「妳不是想殺了他嗎？」就是要證明這個女人卑劣到會要殺了自己的丈夫。

而當袈裟含淚答應了，要他去殺丈夫時，她的眼神在盛遠心中激發了完全不同的反應。瞬間他覺得害怕，這個女人真的壞到這種程度，那麼如果自己沒有依照承諾去殺她丈夫的話，那麼她可能做得出任何事來懲罰、來報復，想到這裡他膽顫了，不敢不去執行這樁荒唐的殺人任務。

夜已降臨，他非得為了這個讓他輕蔑、他完全不愛的女人，去殺一個和他完全不相干，也從來不曾真正讓他嫉妒，更沒有道理讓他仇恨的男人。

這才是前半部而已，已經有多少千迴百轉的人性動機糾結了！還有後半部，換了敘述觀點，那是袈裟的獨白。同樣的時刻，袈裟在等著盛遠。從盛遠的獨白，我們以為盛遠看不起袈裟，但袈裟卻愛上了他，以至於願意為了和他在一起而謀殺親夫。但袈裟的經驗與感受，並不是這樣。

分別三年之後重逢，其實袈裟就感受到盛遠的驚訝，體會到在這個過去曾經迷戀他的男人眼中，自己變得如何醜陋。接受盛遠的勾引，因為一方面無法忍受盛遠用這種眼光看她，想要證明自己還有魅力；另一方面又因為自己的孤單，孤單到可怕的地步而願意做這樣的事。

她一直都知道來誘惑她的這個男人並不愛她。她也在痛苦中。當盛遠在她耳邊低聲說：「妳不是要殺妳丈夫嗎？」那一刻，她感到似乎終於雲霧散開，見到了月光。那是她的出路啊，此刻她假扮成自己的丈夫，等著讓盛遠來殺她。

而且她反覆思考，得以對自己交代：在人生當中，只有這麼一件事，選擇死亡是自己決定的，純粹為自己而做的。

善與惡的思辨

兩段不長的獨白顯現出芥川龍之介對一般人情從來不人云亦云、從來不視之為理所當然，愛情有太多變貌，有太多內外交雜的矛盾，什麼是欲望？人真正感到可欲的是什麼？男人愛上女人這麼一件事都有千千百百種不同的可能性，在如此複雜情況下，所謂的「姦情」到底指什麼？能有什麼實質、明確內容嗎？

剛剛提到〈疑惑〉那篇小說中出現的提問者，像幽靈般，如果換從西方小說的角度看，也很像魔鬼上場的情景。西方的魔鬼和東方的、日本的鬼很不一樣。那是撒旦，終極的邪惡力量化身，上帝的死對頭，會故意引誘、試驗、作弄人，重點不在嚇人或害人，毋寧是為了向上帝示威抗議。

芥川龍之介和夏目漱石、谷崎潤一郎都不一樣的一項特質，是他對基督教的深刻好奇與理解。他不是教徒，但他的筆下經常出現和基督教有關的內容，尤其是牽涉到基督教當中魔鬼與上帝的曖昧辯證。

基督教不只是一神教，主張只有一個神，只能有一個神，而且主張唯一真神上帝是全知全能的。天地間一切都是上帝創造的，上帝無所不在、無所不知、無所不能，那麼「惡」要從哪裡來？為什麼由上帝所創造的世界裡會有「惡」，而不是完美純善的？「惡」之中，也有無所不在的上帝嗎？

這是基督教義中最麻煩的部分。其他宗教一般訴諸於善神與惡神、光明神與黑暗神的二分法來解釋世間的善惡衝突，將時間與空間視為是一個持久、恆常、必然的二元鬥爭場域。

在這方面，基督教是少見的特例，堅持一神信仰，製造了思想內部高度的緊張。不能說因為上帝疏忽了所以沒看到「惡」的誕生，或無意間製造了「惡」，因為上帝是全知的。不能說「惡」是從外面來的侵略惡勢力，因為上帝是全能的，沒有任何東西在上帝統轄範圍之外。魔鬼不能是外在的，魔鬼也必須來自上帝，由上帝創造，卻變質、墮落為惡。

這項日本文化中沒有、不會有的糾結，深化、複雜化了芥川龍之介對人性的看法。像〈袈裟與盛遠〉這篇小說，光標題都藏著特殊的意涵。小說中明明是先呈現盛遠的獨白，後面才是袈裟的，但標題故意倒反過來，袈裟在前，盛遠反而在後。先讀盛遠的獨白，我們以為做了決定的是盛遠，後來才明白根本不是那樣，真正的決定者、操控者其實是袈裟，所以袈裟才應該在前。

人性的善與惡要如何分辨？有可能分得開嗎？袈裟一度以為，自己的決定是出於向丈夫贖罪的動機，但後來她相信了那不是，純粹是為了自己而這麼做的。善與惡難以截然區別，成為芥川龍之介小說中重要的特徵、印記，他有著那個時代的日本作家中這方面最高度的自覺與洞見。一直要到大江健三郎出現，才在這方面趕上了芥川龍之介當時作品所到達的高度。

〈文友舊事〉評谷崎潤一郎

芥川龍之介寫過一篇〈文友舊事〉，回憶自己和大學時代同學兩度復刊《新思潮》雜誌的種種活動。其中有一段回想他和成瀨、久米去帝國劇場聽愛樂者音樂會。中場休息時：

我們三個人一起到二樓的吸菸室，看到入口處站著一個人，他身穿黑西裝，內襯紅坎肩，個子不高，跟一個穿和服大禮服的同伴，也正在吸菸，其中一個同學久米看到這個人就湊到我們的耳邊說，那是谷崎潤一郎啊。我和成瀨走到那人面前偷偷瞄了一眼這位有名的耽美主義作家的面孔，那是一副由動物性的嘴唇和精神性的眼睛互為張力的、充滿特色的面孔。我們坐在吸菸室的長凳，分享一盒香菸，並議論了一會兒谷崎潤一郎。當年谷崎在他所開拓的妖氣十足的耽美主義田野中，培育了諸如〈豔殺〉、〈神童〉、〈阿才與巳之介〉等名副其實的、陰慘慘的「惡之華」。

他引用了波特萊爾（Baudelaire）的詩集書名《惡之華》，形容谷崎潤一郎小說所創造的世界，在其中惡與惡德惡行囂張跋扈，各種畸形的欲望釋放中，迸發出奇特的華麗之美。芥川龍之介認為「這種花貓似色彩斑斕的美麗惡花，散放著與我所傾倒的愛倫．坡（Edgar Allan Poe）與波特萊爾同樣的莊嚴而腐敗的香氣」。

他欣賞的，是谷崎潤一郎仿襲愛倫．坡與波特萊爾的部分，然而卻又敏銳地點出了谷崎潤一郎和他們之間的絕然差別：

愛倫・坡和波特萊爾他們病態的耽美主義在背景上有著可怕的冷酷心態。由於他們具有小鵝卵石般的心靈，所以不得不違心地拋卻道德與神靈，且不得不違心地拋棄愛情。他們深陷於頹廢的、古朽的泥潭，即便如此，仍然不得不直接與難以收拾局面的心和五鬼破船漂泊於可怕的無垠大海海面來戰鬥。因此他們的耽美主義就是從遭到這樣的一個心態威脅的靈魂深處，飛出的一群妖惡。

愛倫・坡與波特萊爾寫作的風格，乃是出自於一份不得已，而不是自我選擇的。他們感受到荒蕪、荒涼的情境，原先可以依恃的一切在現代環境中都被毀壞而消失了，他們不得不拿出那樣一種現代性的勇氣，找出方法來讓藝術、讓美還能繼續存在。

因此在他們的作品中，總有「啊！上帝賜予我勇氣與力量吧，請勿徹底放棄我們的家園和我們的身體」的呼喚，一種窮途末路的嘆息聲好像和自己的內臟糾纏著。我們感受到他們那種耽美主義的嚴肅性，而有了一種感激之情，因為被迫看見了那種地獄中的徬徨、心靈的苦悶。

對比之下，谷崎潤一郎的耽美主義沒有那份執著的苦悶，卻有過多的享樂。「他憑藉著搜尋金山般的熱情，在罪惡夜光中從閃爍的海面悠然駕船行進。」芥川龍之介如此點出了谷崎潤一郎的矛盾。

人家的《惡之華》表現的是在惡的包圍下，不願放棄希望，如此而逼激出勇氣，去找尋僅存的美，來證明人還持續存在，證明人沒有完全被這樣的環境征服。然而谷崎潤一郎卻是在作品中享受這種惡——「一種不堪寶石重負的肥胖蘇丹的病態傾向」。

他看到了生命當中所有的敗德跟黑暗，所以在敗德和黑暗當中去逼著開出花來，他身邊有太多美好華麗的東西，他不耐煩，所以他就去享受、去挖掘相對比較黑暗，像在泥沼裡面的東西。……最近有人指出谷崎憎恨過分的健康，其實就是這種充滿活力的病態傾向；無論如何充滿活力，只要肥胖症患者得以存在，他的耽美主義無疑仍然是病態的。

像波特萊爾的《惡之華》那種作品是掙扎產生的，然而谷崎潤一郎的華美惡德卻是優游享受出來的。我大體同意芥川龍之介這部分的評論意見，因而對於谷崎潤一郎早期的作品，並不是那麼欣賞與推薦。

不過芥川龍之介也肯定谷崎潤一郎另一方面的獨特本領：

> 他那口若懸河般的雄辯之詞，他篩選出所有日語詞彙和漢字詞彙，將所有感覺上的美或醜鑲嵌螺鈿般地點綴在他各種不同的作品當中，像浮雕畫一樣，自始至終以朗朗節奏巧妙地貫穿其間。如今讀他的作品，比起一字一句的意涵，我更會從那流暢無阻的文章節奏當中，得到生理上的快感。

善惡共生的〈菸草與魔鬼〉

透過他對谷崎潤一郎批評意見，凸顯了芥川龍之介自己的特色，那就是源自西方基督教神學中始終無法解決的善惡糾纏、善惡同源、甚至善惡共性的問題。他寫過好幾篇直接以基督教為題材，直接呈現魔鬼的小說。

其中一篇〈魯西埃爾〉（るしへる），原來的標題是用外來語寫的，那就是魔鬼的名字。這篇小說的主體，是芥川龍之介虛構的一份歷史文件。

小說中說在元和六年，西元一六二〇年，加賀的一位禪僧，他是個外國人，名字叫巴比爾，寫了一本書，書名是《破神論》。這部分在歷史上確有紀錄，巴比爾可能是一位從義大利去到日本的傳教士，後來卻放棄了基督教改信佛教，變成了寺廟裡的禪師。

然而芥川龍之介接著在小說中虛構這本《破神論》流傳了幾個不同的版本，表示他見過一個和通行版本很不一樣的，最不一樣的地方在書中第三段出現了魔鬼。這段說到了上帝創造了「安助」——Angel，天使，「安助」因為犯錯而變成了魔鬼。

書中敘述者抬頭看，看到一個形似傳教士的人影，微風般飄至他面前，問他：「你知道我是誰嗎？」「我」打量了一下，確定沒見過這個人。對方於是說自己是魔鬼Lucifer。「我」大吃一驚，說：「怎麼可能！你看起來是人，和人一模一樣啊！既沒有蝙蝠的翅膀，也沒有山羊的蹄子或毒蛇的鱗片？」

魔鬼就說：「那是畫匠們故意醜化我們的，其實魔鬼和人類長得一樣，並沒有古怪的外表。」「我」就反駁魔鬼說：「即便如此，魔鬼也只是在表面上和人相似，在心裡卻存在著毒蠍般的七宗罪。」魔鬼笑了，說：「你不知道這七宗罪也存在於人的心靈中嗎？」

「我」此時激動大喊：「惡魔滾開！我的心靈是映現神Deus諸善萬得的鏡面，沒有你容身之處！」聽到這樣的叫喊，魔鬼笑得更大聲了，說：「何等愚蠢啊，你現在罵我，不正就犯了七宗罪中的傲慢之罪嗎，正好證明了人和魔鬼沒有差別。如果魔鬼真如你們想像的，是窮凶極惡的鬼怪，那天下應該一分為二，你們和Deus居住在完全光亮安定的地方。難道你沒有想過：凡是光亮之處必然有黑暗，世界是由Deus統治的白晝和魔鬼統治的黑夜共同構成的，誰能否定如此二元的合理性呢？魔鬼雖然屬於黑夜，並不表示我們就忘記了善，你的右眼看到地獄無盡的黑暗，你的左眼看到上天吉祥的光明。魔鬼不是十惡不赦，就連Deus都經常為我們受苦啊！」

這樣的論理、這樣的思考，來自於基督教神學，芥川龍之介有深刻的好奇與體會，因而反覆在小說中探討、表現。

他還寫過一篇〈菸草與魔鬼〉，虛構為考據文章，要考證菸草究竟是如何傳入日本的。有一位神父本來要搭船，卻不知為什麼沒有出現上船，魔鬼發現了就化身為那位神父，隨著船飄洋過海到了日本。然而一在日本上岸，魔鬼就發現自己犯了大錯。魔鬼最主要的工作，是去引誘人背叛上帝、背叛教會，跟上帝搗蛋，但在日本卻連一個相信上帝的天主教徒都沒有，他要找誰來叛教呢？

所以到了日本的魔鬼無所事事，太無聊了弄起園藝來，將帶來的種子撒在外面的院子。沒多久，魔鬼化身的神父住的院子長出了菸草，有一個牛販牽著牛經過，很好奇地問：「那是什麼？我從來沒見過呢！」魔鬼就說：「你想要嗎？如果到明天早上之前，你知道這是什麼植物，那這一大片就都是你的了。」牛販驚訝地說：「有這麼好的事？」不過魔鬼隨而提出了條件：「但如果到明天你還是不知道這植物是什麼，那你的生命和靈魂就都要交給我。」

牛販和魔鬼簽了這個「浮士德式」的合約，但接下來發生的，卻絕對不是浮士德式的悲劇。牛販到處問，怎麼都問不出植物的名字，沒有人認得那種植物。到了夜裡，看起來快要輸了，牛販想到一個辦法，他牽著牛，偷偷將神父院子的門打開，讓牛闖進去大鬧大亂一場。魔鬼打開窗子一看，氣得大叫：「什麼畜生在亂踩我的菸草！」牛販聽到了，啊，原來這植物叫「菸草」！

魔鬼輸了，無法得到牛販的生命與靈魂，反而賠上了自己種的菸草，從此日本就有了菸草。不過從引誘人失去生命與靈魂的魔鬼勾當上看，這樣的結果對魔鬼反而是更划算的。知道這意思吧？意味著菸草反而讓眾多日本人失去了靈魂。

這是一篇有趣的戲作，不過如果沒有對於善惡混同的複雜認知，對於魔鬼與上帝關係的想像思考，也不可能寫得出這樣的戲作來。

駭人聽聞的〈掉頭的故事〉

芥川龍之介另一篇精采的小說，標題是〈掉頭的故事〉。表面上看，這是典型的傳奇故事，一共分為三段。

第一段寫一個叫做何小二的中國軍人，打仗的時候被派去偵查，被日本敵軍發現了，戰鬥中被日本人在脖子上砍了一刀，他勉強趴在馬背上險險逃走。第二段中，他逃了一段路，從馬背上摔下來，躺在地上看著天空，心中有強烈的感覺，知道自己快要死了。他想起了幼時家鄉的自然情景，而得到了一個啟悟。他決心如果自己得以不死繼續活下去，那就要努力去補償過去，因為這一生做了太多不值得做的事，甚至做過很多壞事。

然而小說跳進了第三段，換了和第一段、第二段很不一樣的場景。那是兩個日本人在聊天，時間是甲午戰爭之後，他們說到了一件奇怪的事。街頭有一間剃頭店，店主在戰場上打過仗，這個人平素行為不檢，沉迷酒色，有一天喝醉酒跟人家吵架，突然從椅子上跌下去，他的頭竟然就斷了，直接從脖子上掉下！

原來這個人就是何小二，當時他在原野上被日本的救護兵救了，好不容易救回一命，不過他脖子上的刀傷還在，一時太激動了傷口裂開，頭就忽然斷了。

這是駭人聽聞的傳奇故事，然而芥川龍之介賦予這故事不一樣的思考脈絡。那就是當時自知將死時，何小二不是立下了徹底悔悟要當好人的誓願嗎？後來近乎奇蹟地真的保住一條命，結果卻變成了一個天天喝酒、打架鬧事的剃頭店老闆，這是何其巨大的差異，又何其諷刺啊！

小說中，只是透過這兩個人的對話呈現了結果，沒有敘述何小二如何活回來後變成如此。但那樣的對比質疑已經很明白了，甚至更加明白：人的意志能有多強大，能有多大的作用，即使在最極端狀況所立下的誓願，難道就一定能堅守、實踐嗎？在戰場上，何小二控制不了自己的死活，然而離開了戰場，他就能夠了嗎？

與環境之間的不可預期互動，是使得人的行為如此複雜，從意願到行為都不能簡單地對應上，因而更難掌握人性的另一股強大的力量。

第三章 複雜人性的殘酷書寫

〈手絹〉與新渡戶稻造

大正五年，西元一九一六年，芥川龍之介寫了一篇叫做〈手絹〉的小說。這篇小說特殊之處在於將角色設定影射新渡戶稻造。新渡戶稻造是日本維新時期的代表性人物，他的頭像曾一度出現在日幣鈔票上，他用英文寫的《武士道》（*Bushido: the soul of Japan*）一直到今天仍是對於日本傳統精神最重要的詮釋。

新渡戶稻造畢業於北海道農業學校，那是今天札幌的北海道大學前身，對於日本農業的現代化有著關鍵的貢獻。他是日本最早到海外去的第一代留學生，先去了美國，又轉到德國，最後在德國的哈勒（Halle）取得學位。回到日本之後，還有一項特別的資歷，在小說中芥川龍之介也特別凸顯了，那就是在殖民初期來到台灣，擔任台灣總督府的第一任「殖產局長」，參與了日本對台灣殖民經濟政策的制定。

日本殖民時期台灣農業最主要的發展政策，第一是確立以生產蔗糖為主，第二是將粳稻品種引入台灣，取代原本台灣普遍種植的秈稻。後者要到一九二〇年代才得到了突破性的成功，而前者則是從殖民伊始就進行了的，讓自然環境上無法產甘蔗卻又酷嗜甜食的日本社會，得以擺脫原本必須花費大筆外匯進口糖的情況，充分利用了台灣亞熱帶到熱帶氣候的風土條件。這項政策就是在新渡戶稻造擔任「殖產局長」時訂立下來的，因而他被稱為「台灣糖業之父」，雲林的糖廠裡應該還留有他的銅像。

新渡戶稻造當然也是日本最早一代採取了西化生活習慣與價值觀的人，他甚至還娶了一個美國太太。然而他會特別用英文撰寫《武士道》，要讓外國人了解日本的特殊文化精神內涵，顯見他對於自身的傳統有著強烈的認同。

除了《武士道》之外，新渡戶稻造還寫過另外一本書，書名是《修養》。家中長輩如果有過在日治時期上學的經驗，這麼多年之後，他們應該都還會記得那個時候學校裡的一項特別科目吧！那就是「修身」課。而日本在這段時期的教育體制中會那麼重視「修身」，一部分也是受到新渡戶稻造長期持續鼓吹影響。

《武士道》和《修養》兩本書有著密切的關係。新渡戶稻造最大的貢獻就在於將「武士道」予以普遍化，不再只是封建時期武士對於藩主的一套效忠信念，轉而強調其中的人格養成、人格修練作用。

他提供了一條讓日本現代國民養成得以和傳統連接上的路徑。他特別強調「武士道」中自我節制的鍛鍊。和中國文化或西方文化相較，日本傳統最獨特之處就在於此。

《武士道》書中，新渡戶稻造精采地描述了這中間的細膩轉化。一個武士要能在隨時打殺的情境中獲致更高層次的武勇性質，必須讓自己保持冷靜，維持敏銳反應的能力，如此立於不敗。所以不只是要在外表喜怒不形於色，更要培養內在的寧定。最關鍵、也是最難的，是去除恐懼。

擴大來看，恐懼總是源生自不預期的活動或現象，意料之外的事物突如其來，我們很自然感到驚嚇，那就是人最脆弱，讓敵人有機可趁的時刻。因而武士道要節制所有的情緒，讓武士能夠總是保持冷靜，不會有任何情緒波動，不會有脆弱的時刻。

自制鍛鍊的極致，是切腹。切腹是一種經常的準備，提醒武士隨時都可以用自己的手，用帶來最大痛苦的方式結束自己的生命。如果連如此極端的事都在修練中被轉化為日常、平常，那麼武士就真正無所懼了。還有什麼好怕的？原來恐懼的主要不過是怕失去生命、怕承受肉體折磨，現在這兩項都集中在切腹一事上，自己隨時念茲在茲，隨時準備好了，那就再也沒有什麼可懼的了。

新渡戶稻造將切腹提升為「道」，背後是人自我情感、情緒節制修練的極致境界。而武士什麼時候要切腹，為什麼要切腹，這又聯繫到「武士道」的另一項核心精神，那就是對自我尊嚴的極端強調。

當武士辜負了任務、使命，或做不到自己所承諾的，切腹是他保有尊嚴的最後一種辦法。那既是自我懲罰，同時也是彰顯自己就算犯下了如此不可原諒的錯誤，卻並沒有喪失自我承擔的勇氣，所以訴諸如此最痛苦的方式來結束自己的生命。再說一次，那不只是自殺，關鍵在於即使要死都願意在死前承受極端的痛苦，表現最終的勇氣。

武士道精神被用這種方式強調，離開了武士階層，對整個日本社會都產生了深遠的影響，甚至感染了曾經被日本殖民統治的台灣。之前台灣有一家銀行，中文名字叫「誠泰」，但其英文卻寫成「Makoto Bank」，那其實不是英文了，Makoto是日文「誠」字的發音，而「誠」是日本修身教育中的一大重點。另外吳清友先生創辦的書店，叫「誠品書店」，在他的回憶自述中也特別強調從他父親那裡得到了格外重視「誠」的觀念，形成了他開書店的理想與原則。

在武士道中，武士要修練到徹底忠於上下關係、忠於武勇負責原則，也就是「誠」，對自己沒有一點內外差異的虛偽。武士道包括了許多規矩、儀式，然而重點是要將外在的規矩、儀式內化成為自己衷心相信與感受的，整個人自然過著符合這些規矩、儀式的生活，這是所謂的「誠」。

詩意與戲劇性

芥川龍之介比新渡戶稻造晚了一個世代，很年輕的時候就敢於將這樣一位知名的前輩寫進小說裡。新渡戶稻造回到日本之後，一度擔任第一高等學校的校長，將這所學校經營得有聲有色，而芥川龍之介就是從第一高校畢業的。

他這樣寫第一高校的老校長。小說裡這位當時讀者一眼就看得出來是影射新渡戶稻造的角色，叫長谷川謹造，他在家中無所事事，手上拿著史特林堡（Strindberg）關於戲劇的書在讀。西方的戲劇在二十世紀初傳入日本，大為流行。戲劇是西方文學史上的重要文類，有著長遠淵源，到了十九世紀這個古老的形式卻受到了翻天覆地的現代衝擊、改造。

其中一項衝擊發生在一般人和戲劇的關係假定上。過去的戲劇名著——莎士比亞（Shakespeare）、馬羅（Marlowe）、莫里哀（Molière）、歌德（Goethe）……等的作品——是歐洲青年教育的必要成分，不過當時在接觸、吸收這些作品時，他們必然的認定是將自己設想為觀眾。十九世紀的新潮流卻是誘引人們轉而從演員的角度來理解、體會戲劇。於是相應地產生了對於表演的高度興趣。

過去看劇本或看戲時，演員是工具，只是將戲有效地傳達給觀眾，然而這時候人們開始思考演戲究竟是怎麼一回事。這源自於浪漫主義中對於自我、性格差異的好奇想像開發。在新的思潮下，看到舞台會格外好奇：一個人如何變成另一個人，如何暫時擱置演員本身的人格，換成角色的個性，而且這種轉換是純粹表面的，不會影響到自我內在性質嗎？

演員如何入戲，又如何從入戲的狀態抽離出來呢？十九世紀末，這樣的話題想法在歐洲大為流行。我們現在被大量影音訊息包圍，方便看那麼多各種表演，大部分的人又退回理所當然將自己當作觀眾的態度了。很少認真去思考、探索如何表演，表演與自我內在的關係是什麼。

台灣大部分的影視節目為什麼那麼難看？一部分的原因也就在於演戲和看戲的都缺乏自覺，囫圇吞棗混過去。演員演戲時不在意到底是以自己原來的身分、習慣在說話、在行為，還是進入了角色的特殊生命型態中。觀眾看戲也不在意眼前看的、聽的，到底是那個常常演出的演員，還是戲中應該要有不同身分和不同生命歷程的角色。這種環境、這種態度，要如何拍出好的戲劇電視電影？

十九世紀出現的誘人探討是：演員每演一個角色，離開了自我入戲成為另一個人，等到戲演完了，這樣的經驗不可能不留下部分或深或淺的痕跡，於是他的生命就會在過程中疊印上一層一層其他人的經驗。到後來他還能分得清什麼是自己、什麼是角色嗎？那樣的自我，豈不實質上成了各種角色影響製造的混合體？

高度表演意識影響下，推擴而認知：一般人的日常生活中，難道就沒有表演的成分嗎？從這個角度看，會發現其實大家的生活中也充滿了自覺或不自覺的戲劇性。十九世紀西方文學、藝術潮流中，經常出現的習慣用語是"poetics and theatrics"（詩意與戲劇性），人們隨時具備著對於詩與劇場的高度敏感，在生活中尋找並創造詩意的瞬間，以及戲劇性的享受。

從theatrics的角度看，人活在各種角色的互動中，光是要處理好自己的生活，都必須練習在不同情境中扮演好相應的角色。生活即戲劇，而不是在生活以外才去欣賞、理解戲劇。

〈手絹〉中的武士道精神

史特林堡是這個潮流中的重要作者。小說開場，芥川龍之介就設定了讓長谷川謹造拿著史特林堡的書，而他的動機是因為察覺了年輕人的流行，受到西方文化感染，日本的下一代產生了高度的自我意識，想要探索「我究竟是誰」的存在問題。他是一個認真的老師，於是找來了學生有興趣在讀的書，用這種方式保持不要和年輕人想法脫節。

然而這畢竟不是他的專業，也不是他本有的興趣，所以他無法真正專注在書上，只是有一搭沒一搭地讀著。此時有人來訪，遞進來的名片上寫著「西山篤子」，他不認識，不過既然閒來無事，就吩咐讓這位女士進來。

這位女士原來是他的學生西山憲一郎的母親，多巧，西山憲一郎正是刺激長谷川謹造去閱讀史特林堡作品的年輕人。他雖然不是讀戲劇的，卻有著對於戲劇的鍾愛熱情，甚至會自己寫和戲劇有關的文章。

西山憲一郎前一陣子因為腹膜炎住院，沒想到母親這次上門，竟是來向老師傳遞兒子死訊的。然而母親在向老師說這件事時，異乎尋常地冷靜，甚至還面露出禮貌的微笑，以至於使得長谷川謹造極為不安。他想起當年在德國時，遇到德皇威廉一世去世，消息傳來，他寄居家庭裡的小孩竟然就哭了。多麼強烈的對比！那樣的小孩能和皇帝有什麼關係呢？相形之下，坐在他面前的母親，怎麼能夠優雅地保持笑容跟他說兒子的死訊呢？

然後，小說有了一個奇特的轉折。因為並未專心說話，他瞥見了地上有一把扇子，就彎身去將扇子撿起來，卻意外發現那位母親手中緊緊握著手絹，用一種不正常像是要奮力將手絹撕裂開來的方式扭曲著手絹。

長谷川謹造的第一個反應是，他理解了這位母親為什麼能如此平靜。那只是表象，不是她心中真實的感受。一剎那中，長谷川謹造知道了，原來她全身都受著痛苦的折磨，靠著極強烈的意志力才壓抑住不讓痛苦顯現出來。

進而他感到佩服，甚至油然生出一份奇特的「虔敬的喜悅」。那是什麼？從何而來的？要等到這位母親告辭離開了，兩個小時後長谷川謹造和妻子對話中，我們才能明瞭。他將那樣的壓抑，視為日本武士道在女性身上的表現。這就是為什麼小說要以長谷川謹造影射新渡戶稻造，因為這是一位重新詮釋、宣揚武士道的學者。他在西山母親的身上看到了喜怒不形於色的自制修練。他特別將這樣的想法說給家中的美國妻子聽，兩人一起欣慰讚嘆自己能夠活在這樣的日本，一個保存傳統文化，深厚武士道精神甚至滲透到女性生命中的日本。

武士道精神的矛盾與衝突

不過小說還有一小段尾巴，卻才顯現了芥川龍之介的小說本色。長谷川謹造的注意力回到小說開始時正在讀的那本書。因為順手將接過來的西山篤子名片夾進了書裡，所以這時候一翻就翻到原先讀的那段。在那裡，史特林堡提到了他最反對的一種表演方式。

人有內在的情感，也有外在的表現，所以很多演員習慣於要呈現內心什麼樣的感受，就去尋找外表的相應行為。這種演戲方式，觀眾其實不是真的被演員感動，演員並未將角色的特定感受傳遞給我們，而是將內在感受「普遍化」，像一個符碼般遞交過來，我們也理所當然照著習慣的方式解碼，就認定自己收到了戲中的訊息。

像是看到演員嘴角微微一動，像是要微笑卻又沒有笑出來，變成了苦笑，我們就自然解碼知道他內心有著委屈或無奈。史特林堡認為這是一種方便、廉價也就不精確的表演方式。

那是一種套式，不是真正的表演，沒有進入角色的特殊性中，演出角色特殊的委屈或無奈，而是將他原本應該有來歷、有故事的委屈或無奈，變成了一種普通的、空洞的，就是對應於那個苦笑表情的內心感受。

長谷川謹造讀到這裡時被西山篤子來訪打斷了。現在他繼續讀下去，卻發現史特林堡舉了一個例子來說明什麼是套式的表演——要表現內心壓抑不住的激動，就一邊面露微笑，一邊將手上的絲巾撕破了。

這豈不正是他剛剛在西山篤子身上目睹的？長谷川謹造被刺了一下，卻不確定那意味著什麼，只感覺到一份莫名的、冥冥的威脅，會破壞均衡與和諧的力量正向他靠近過來。

小說就結束在這裡。結束在一個問題上，沒有給答案，但設計了強烈的後勁，逼著讀者帶著這印象無法立刻離開，會忍不住去追想。

顯然不同的讀者會朝不同方向得到解答或保持困惑。我個人讀到這裡時，有一點興奮之感，覺得找到了一條理解芥川龍之介的重要線索。

這事件在長谷川謹造，也就是現實中寫了《武士道》的新渡戶稻造，心中種下了一股不安，不再能夠那麼有自信地守住武士道的信念，開始有了懷疑，這是威脅的來源。

芥川龍之介不懷好意地看著長谷川謹造（新渡戶稻造）問著：武士道真的有你在書中所說的那麼完整、和諧，那麼有系統嗎？小說中的長谷川謹造意識到了——卻又壓抑著不願意去面對——他自己對於武士道的解說存在著內在幾乎不可能協調的衝突。

武士道是自制的修練，要練到喜怒不形於色；武士道又要追求真誠，忠實於內在的情感。這兩個原則加在一起，那不是表示一個喜怒不形於色的人，內在就真實地沒有任何情感？如果他從內在沒有了情感，把自己修練到麻木，怎麼還能符合武士的形象，具備有武士對於自我以及對於責任的那份熱情？

武士表面的平靜，不能是真實的。表象永遠比不上真實那麼豐富、那麼複雜，如果只看表面而不去探究背後藏著的複雜的人，探測內在情感與外表的各種不同可能性，要如何真正認識人？

長谷川謹造（新渡戶稻造）懂得人、能夠認識人嗎？如果不是偶然為了撿扇子才看到西山篤子的手絹，他會一直以為她如此平和冷靜，而史特林堡的書中又說了，這樣的外表與內在衝突表現，其實才是最初級的表演方式。換句話說，連這麼簡單的外表與內在曲折連結，長谷川謹造都看不懂、看不出來，竟然還在探知背後真情時，沾沾自喜地以武士道來解釋，這是何等的錯誤，又是何等的狂傲啊！

〈枯野抄〉的最後送別

和〈手絹〉相應的，還有一篇乍看下有點莫名其妙，卻在仔細體會後能感受其了不起的作品，叫〈枯野抄〉。

我們先看這篇小說的最後一句：「古往今來，無與倫比的一代俳句宗師松尾桃清，在眾弟子無限悲痛的擁簇之下，溘然長逝。」這就是小說的情節，描述松尾芭蕉死前時刻，記錄弟子的種種反應。

松尾芭蕉是了不起的俳句大師，也是了不起的行路者，走過很多地方，所以日本留有很多和芭蕉有關的歷史景點，他還走出了一條長長的「奥之細道」，給了這條路上許多季節風的經典俳句靈光點綴。

關於松尾芭蕉之死，只需要小說的最後一句話就交代完了。但芥川龍之介混合了史料與虛構想像，去還原究竟都是哪些弟子用什麼方式表現他們的「無限哀痛」，為老師在生死之際送別。

元祿七年十月十二日下午，芭蕉病篤，大夫已經在身旁陪了一整夜。眾多弟子圍著他，在大夫確認他再也活不過來了，臨終前有一個「點水」的儀式，每個人輪流在死者的唇上點水，這是最終的送別。

小說的主體，就是描寫弟子一個一個要去面對老師的死亡，介紹他們是誰，在點水的當下是什麼心情，在想什麼。

第一個是其角，大夫看著他，說：「來吧，時候到了。」在他心頭自然湧起的感覺是鬆了一口氣，該來的總算來了。這不是單純的「無限悲痛」，但我們每個人應該都明瞭吧，那是真實的，不管你多麼愛這個人，不確定他是不是這次就死了的懸宕，卻總會刺激出一種期待能得到答案的心情，答案出現了，最先出現的是懸宕終止帶來的放鬆。

然而接下來，他的心理產生了強烈的違和感。要和師父永訣了，應該十分悲慟才對，自己內在的放鬆豈不如此無情冷漠？明明知道應該痛苦、難過，卻嚇一跳發現自己竟然沒有那麼痛苦、沒有那麼難過。進而他發現了自己對於死亡如此厭惡，看到師父即將死亡的模樣，讓他極度反感，環繞著死亡的一切都是醜陋的，現在籠罩了師父整個人，這也是使得他難以忍受懸宕不明的另一股強烈力量。

然後是去來。對於師父要死了，他有兩種交雜的感受，一種是悔恨，但他的悔恨源生於前面的一份自得意滿。在弟子間，他是最不受重視的，老師重病他在旁邊悉心照顧，到處奔走，其他弟子似乎仍對他的努力視而不見。然而他自己心中得到了滿足，一個內在旁白不斷地對著其他弟子挑釁地問：「你們有誰能像我這樣服侍老師，對老師這樣盡心盡力？」並因而得到了過去從未有的自信。

但老師要死了，去來的這份滿足也即將結束了，必須面對這種滿足感來自虛榮的事實。

他對於自己竟然利用老師的病來得到虛榮滿足，此刻產生了強烈的愧疚、悔恨。

再來應該輪到丈草，但此時還沒輪到點水的正秀卻忍不住大哭了。乙洲看到正秀大哭覺得很尷尬，理智上他認為那是失態的表現，但在他自己無法控制的情緒反應上，他卻被正秀的大哭感染了，隨著也哭起來，變成了兩個人在哭。

然後是支考。支考回想著老師生重病到當下的過程，包括記起了老師對大家表達感謝的話：「我原來以為死去時，會是在野地裡，因為有你們，我竟然可以在這種環境中死去。」支考排除不掉心裡的一份困惑：死在野地裡和死在這裡真的有差別嗎？

他和眼前正在發生的事有一種奇特的疏離關係。包括他會回想那過程，都源於他自覺在經歷很重要的一件事，一件將來可以記錄寫下來，成為寫作題材的事。他已經在想要如何寫這件事，以至於無法真正如實地經驗這件事。將經驗化為文字的念頭，使得他此刻腦中有了諸多文字介入在他和周遭事物之間，那樣的經驗變成是間接的，在發生的同時，已經先被轉化成為文字才進入他的身體裡。

還有惟然僧。看到老師要死了，他油然生出的念頭是：「那下一個要死的，會不會就是我了？」老師之死激發了他對於死亡的高度恐懼，因為提醒了他自己也會死、必然會死，無可逃躲的事實。

最後是丈草。他一方面悲痛，一方面卻有解脫之感。因為老師的成就、老師的人格長期一直給他很大的壓力。從今以後，沒有芭蕉這個老師了，他一直承擔的壓力要消失了，那是解脫。

小說寫到這裡，呈現了這麼多弟子的內在反應，然後才說：「古往今來，無與倫比的一代俳句宗師松尾桃清，在眾弟子無限悲痛的擁簇之下，溘然長逝。」於是這句看似平凡無奇的話，變成了強烈的反諷。

這份反諷提醒了我們，以後看到類似「面對親人死亡無限悲痛」的籠統描述，不要輕易接受、輕易相信。這樣的句子根本的問題是違背了複雜的人性。更進一步，這樣的句子之所以如此普遍如此常見，絕不是因為表現了實情、真理，而是因為大部分的人不敢承認自我的複雜性，寧可相信遇到死亡時，大家都是「無限悲痛」的。

芥川龍之介卻敢於揭露這不符合「無限悲痛」簡單描述的複雜真相。在小說中他選擇芭蕉之死的場景，一部分的原因就在於確實有這些弟子，他們都是紀錄上有名有姓真正存在過的人。芥川龍之介的態度是：既然他們是真正活過的人，那麼就別騙我說他們會在老師去世的場合中，大家都有同樣「無限悲痛」的反應。那不是真實的人會有、該有的真實情況。

寫〈枯野抄〉時，芥川龍之介二十六歲，但他已經能夠揣摩、創造芭蕉弟子各自不同的內心反應，而且每一種反應都既具備合理性，又對讀者產生新鮮的刺激。這些弟子的反應加在一起，構成了人的複雜本性。我們每個人都會有在應該「無限悲痛」時卻無法依照期待感受悲痛，反而感到如釋重負、感到悔恨、感到身不由己被別人的哭聲帶著走、感到似乎和那個場景間隔著一層毛玻璃，或感到解脫的種種經驗。

例如說年輕時失戀，也應該是「無限悲痛」吧！然而如果那段感情是否能維持下去已經搖擺多時，真正確定失戀，你也會有反而鬆了一口氣的感覺。如果你是個文藝青年，你已經讀過了許多描寫失戀的文學作品，這時候會有許多文句、情節、場景湧上心頭，代替你去經驗、去感受失戀，甚至在失戀的當下同時在想要如何將被戀人拋棄的情境化為文字寫成作品，於是「無限悲痛」就沒有那麼痛了，或者說，就有了許多不一樣的痛法。

〈地獄變〉核心裡的基督教「地獄」觀

以這些作品為背景、為參考，我們可以進而試著來解讀芥川龍之介的〈地獄變〉。〈地獄變〉的核心訊息，是從〈手絹〉、〈枯野抄〉一路延續過來，要呈現什麼是人的真實，以及要如何才能碰觸到如此複雜的真實。還有，〈地獄變〉雖然取材自歷史故事，以「地獄」為其主題，然而那不是一般日本神道或佛教的地獄，而是有著濃厚基督教意味，芥川龍之介自己打造的地獄意象與地獄意義。

去羅馬旅行觀光一定要去梵諦岡，一定要去看著名的西斯汀禮拜堂。大家都知道那裡有畫在天花板最高處的《創世紀》經典畫面，上帝伸出手指碰觸亞當。不過西斯汀禮拜堂更為攝人心魂的，是同樣出自米開朗基羅之手，畫在一整面高牆上的《最後的審判》。那比《創世紀》規模大多了，也更直接更驚人。

一直到今天，西斯汀禮拜堂在梵蒂岡教會都具備特殊的神聖功能。當教宗出缺時，樞機主教們必定是齊聚在這裡開會，選出下一任的教宗，必須等到有了結果、選定了，煙囪中冒出象徵性的煙，主教們才能離開西斯汀禮拜堂。在這過程中，主教們就在整幅《最後的審判》陪伴、監視、威嚇下，一輪一輪投票。也許是這樣的環境影響吧，至少在現代歷史中，樞機主教們憑藉信仰與良心，最後選出的教宗，其人格與宗教素質，看來是超越教會結構所形成的平均值。

《最後的審判》應該也發揮了相當的功能吧！畢竟米開朗基羅用了極其逼真的寫實筆法，歷歷刻畫了不同的人接受相應的審判，有的上升、有的沉淪，尤其是畫出了那些遭到永恆懲罰之人痛苦扭曲的姿態與鮮活恐懼的表情。

另外一個大家也應該看過、熟知的藝術作品——羅丹的《地獄之門》。這項作品費了羅丹極大的心力與時間進行創作，現在留下了各個不同部分的試驗原型，而且有不同尺寸，後來還翻塑了好幾個成品。而不論是《最後的審判》或《地獄之門》，其背後都有著但丁名著《神曲》的影子，作為造型想像的共同來源。

《神曲》有著多重的突破性經典意義。首先但丁採用了嚴格的三行韻體——aba，bcb，cdc，ded的韻腳排列——寫了一萬四千多行的一部巨著，並且不是採用拉丁文，而是他家鄉佛羅倫斯地區的義大利語寫成的，等於是隻手重整、開創了義大利語，打造出一種新的文學語言，使得從此之後的義大利文學得以獨立誕生。

更具影響力的成就，是但丁在《神曲》中統納了基督教中長期流傳發展的宇宙觀，用「地獄」、「煉獄」、「天堂」三層結構描繪了人間以外的環境，人在死後靈魂要去到的地方。而且他吸收神學看法，加上自己對現實的認知，還有忍不住放進去的私人恩怨因素，將過去的人們安排在不同的地方，不只是「地獄」、「煉獄」、「天堂」，還更細分為地獄或煉獄的第幾層第幾圈，或是天堂中的第幾重天，如此建構、揭露了人生前行為、名聲與死後靈魂去處的關係，也就是審判結果的根本原則。

而且但丁給予《神曲》精采的戲劇性架構，擺脫了神學討論的枯燥無趣性質。讀者隨著書中同樣叫做但丁的主角，在維吉爾和天使貝緹麗彩的引導下，有了一趟異境奇幻旅行，在各種非凡的場景中身歷其境地遇到了原本只存在於書本裡的歷史人物，和他們對話，聽他們親口說出自身從陽間到陰間的光怪陸離經驗。在這過程中，讀者同時被刺激去思考：為什麼這個人在這裡？什麼樣的行為應該得到什麼樣的懲罰或獎勵？神的意志或自然的律則是如何運作的？這樣公平、有道理嗎？知道了這樣的道理，我應該如何調整、改變自己的行為嗎？

但丁《神曲》的地獄描繪

《神曲》的旅程開始於一個陰森黑暗的林子裡，但丁突然發覺自己迷路而走上了一條單行道。那其實就是通往地獄的死亡之路，然而藉由天使為他求情，遣來了維吉爾作為他的嚮導，他得以暫時擺脫死亡，但他仍然不能直接回頭，必須順著這條單行道的方向，先往下進入地獄，到了地獄底層，再沿著煉獄山往上爬，爬到煉獄山的頂層，那就是人類祖先一度居住卻被趕出來的伊甸園，也是通往天堂的入口。

經過這樣巧妙的解釋安排，但丁在《神曲》中規畫了一個先苦後甘，先沉淪後揚升的跨界旅程，並且對於這三界進行了極其細密的想像，有著精確的立體方位，不只是如何往下、如何往上，上下行進中是朝向哪個方位，又如何轉彎變化，都有精確的細節設想。

首先在地獄會遇見的，都是那些活著時受到各種欲望誘惑而犯了錯，卻到死都沒有悔改，因而得不到耶穌基督慈恩救贖的人。這些受苦的靈魂見到了意外來訪的但丁，幾乎個個都積極熱切向他訴說自己的故事，於是我們就跟隨著但丁像是閱讀了一本人類欲望與犯罪的百科大全。那些欲望，例如嫂嫂和小舅偷情的過程，看得我們臉紅耳熱；而那些犯罪行為的策畫與執行多麼曲折精采啊！

地獄走完了，去到煉獄。在這裡居住的靈魂都持續不斷往上爬，不會停留在一處。因為煉獄和地獄最大的差別，就在於這些靈魂來得及在死前對自己的罪行向耶穌基督的代表——教會或教士——表達懺悔。於是他們可以不進地獄，而有在煉獄山努力往上攀爬，讓自己朝向天堂提升的機會。這些亡靈說出來的故事，一部分和地獄裡聽到的很類似，欲望與罪行，不過這裡多增加了悔罪過程，以及救贖的希望。

整部《神曲》最吸引人的，是充滿欲望與罪行，還有種種恐怖懲罰奇觀的地獄部分，相對地最難寫也最難討好的是天堂部分。天堂都是美好的、都是善的，要如何能寫得不重複、不無聊呢？真的必須佩服但丁，他具備有驚人的描寫能力，在天堂章中竟然得以分別每一重天，讓每一重天有不同的光采，不同的天象或不同的天使活動形成的奇觀，靠這樣的描述而不是靠故事撐起了書中的第三部，讓讀者好奇等待上帝和耶穌在至高天的出現。

和但丁同時代的人閱讀《神曲》，還會得到多一層刺激樂趣。因為會讀到但丁在地獄裡遇到了一位又一位教宗。掌管教會、曾經占據教會最高地位的人，同時也是最容易腐化濫用宗教權力的人，民間對他們有很多不堪的流言批評，但丁索性讓他們死後下了地獄，發洩對這些人的憤恨，也幫忙保住了教會的尊嚴，表示這些人能在人間一時作威作福，畢竟還是逃躲不了終極審判的責罰。

從《神曲》到米開朗基羅、羅丹的繪畫、雕塑表現，可以清楚看出西方世界關於地獄想像的強大傳統。這個傳統累積了豐富內容，提供人們運用文字、繪畫、雕刻、戲劇等不同媒材予以呈現。最主要的內容必然牽涉到極端的情感反應——極端的驚訝、極端的恐懼、極端的痛苦、極端的憂慮……，地獄想像提供了人們對於這些負面情緒推到極端程度的最佳體會與描寫練習。

不讓人失望的地獄畫？

芥川龍之介寫的〈地獄變〉，援引西方的地獄想像，放入日本傳統歷史情境裡。小說中設定了一項懸疑因素，那就是受囑命畫地獄圖的畫師良秀，習慣極純粹的寫實畫法，他沒辦法畫沒見過的畫面。一位沒有能力完全憑藉想像畫圖的畫師，卻必須將地獄的景象畫出來，而且要讓所有看到畫的人一看都產生「這就是地獄！」的強烈感受，有可能嗎？

小說就是要在狀似不可能的設定中，一步步推向那高潮完成的情境。芥川龍之介在小說中運用了一個身分不明的敘事者，他熟知此事的來龍去脈。開頭時敘事者先為我們介紹崛川大公，他是個天賦異稟、極度幸運的人。傳承的財富讓他幾乎可以為所欲為，而他又具備了高度野心，甚至到了被比擬為秦始皇、隋煬帝的地步。當然他見過世面，什麼樣身分的人、什麼樣的大戶豪宅都不可能令他驚訝，就連百鬼夜行他都不怕，倒過來，他還能喝令要鬼從面前消失，鬼也只好乖乖照辦。

這樣一個人在小說中的作用，竟然只是在於襯托良秀所畫的「地獄圖」——什麼都見過、什麼都難以使其心動的崛川大公，唯獨對良秀的「地獄圖」有強烈的驚訝表現。

從說故事、呈現小說的技法上來說，這樣的開頭實在不怎麼高明。就像是要開始說鬼故事，先強調：我說的鬼故事很恐怖、很恐怖喔！我說出來了你們都會怕得發抖！這一來既是提高聽故事的人的期待，二來讓他們有了提防，甚至有了抗拒的心情。真正會講笑話讓全場笑得翻過去的，是「冷面笑匠」；真正會講鬼故事的，是在聽眾沒防備下突然揭露描述恐怖情境的講述方式。

先提高了讀者的預期標準，要在小說中看到連崛川大公都會驚訝的「地獄圖」景象，接著又設下了艱難的懸疑條件——良秀是最傑出的寫實畫師，只要是他見過的，他必然能有效在畫面上予以重現，而這幅「地獄圖」就是出自良秀的手筆。但良秀不可能見過地獄。他怎麼能憑藉寫實的技法畫出讓人驚訝、恐懼的地獄景象？

芥川龍之介看似迅速地給自己挖了坑跳下去，而且用了雙重因素挖了很深的坑。如此接下來的小說中，他必須提出為什麼良秀能畫得出寫實地獄景象的理由，另外又必須描述良秀「地獄圖」的畫面，說服我們為什麼連見多識廣，看到鬼都不會動一下眉頭的崛川大公都為之動容。

如果達成不了任何一個目標，或用任何方式閃避這兩項要求，那麼這樣的開頭等於是搬大石砸自己的腳，必然讓讀者失望、生厭。

記錄醜中之美

讀過〈地獄變〉小說的讀者，應該都沒有失望、生厭，芥川龍之介讓我們彷彿目睹人間地獄，他沒有動用任何外於現實，甚至沒有套用但丁的前例設計非常情節讓良秀親訪地獄，他畫的既是地獄，卻也是人間寫實。

而他竟然還行有餘力在小說中放進了許多細膩的成分。例如說我們知道良秀只畫看得到的景象，但小說中這不是抽象說過去就算了，而是以詳細描寫良秀如何進行準備讓讀者留下深刻印象。

良秀要看到有人被鎖鏈鍊起來的模樣，要看到有人被黑蛇驚嚇的模樣，要看到有人被鴟鴞從天上追逐攻擊的模樣，這些都刻意安排得到了。大公問他，那地獄中青面獠牙，負責拘執人的惡鬼要如何看到？這他也有準備，找到方法讓自己做惡夢，在夢中出現惡鬼。

如此而對照凸顯了最難的部分──應該要擺放在畫面正中央，地獄之火製造出的燒灼折磨，他看不到，所以還畫不出來。

又例如小說中不只呈現了良秀是一個什麼樣的畫師，而且刻畫了他是一個什麼樣的人。芥川龍之介一直念茲在茲挑戰世俗從表面上形成的評斷眼光，提醒在世俗層面的善惡曲直值得相信嗎？在世俗的眼光中，良秀長期因為外表而被看不起。他長得像猴子一樣，得到了「猿秀」的綽號，還有人故意作弄他，捉了一隻猴子來養，就取名為「良秀」。

長得尖嘴猴腮就遭到欺負、霸凌。而且從敘事者的角度看，他的內在也幾乎一無是處，吝嗇、懶惰、貪婪、無恥，混身是惡。

猴子「良秀」靠著良秀女兒的善意、仁慈，才得到了救助、保護，這是一個清楚的象徵，如此從世俗角度看一無可取的良秀，在生命中僅有的救贖，是這個女兒。這裡也就埋下了什麼是「人間地獄」，良秀將在什麼時候、什麼狀況下親眼目睹「地獄」的伏筆。

不過良秀身上有著一樣世俗的善惡無從判別的東西，那是他的藝術。敘事者告訴我們，良秀的諸多惡德中最糟的一項就是傲慢。他憑什麼傲慢？因為他自恃是當朝的第一畫工，而且他眼中只有畫，沒有其他的。在小說裡一個小插曲中，人家請了女巫起乩來傳遞天上的祕密，所有在場的人都好奇要聽祕密，只有良秀對祕密絲毫不在意，他盯著女巫認真地看，只有要將起乩的那種猙獰樣貌畫下來的念頭。

因為他眼中只有畫，所以良秀懂得了其他畫工不懂的——將這個世界上任何極端的事物、現象畫下來，那畫面本身就有一份特殊的價值，換個方式說，他懂得「醜中之美」。

「惡之華」式的美

原本相反矛盾的「醜」和「美」怎麼會並存呢？

義大利學者、小說家艾可（Umberto Eco）為巴黎羅浮宮策畫過「美的歷史」，再接再厲又推出了「醜的歷史」，相關資料與解說後來也出版成書。我們平常總認為藝術就是要表現「美」，所以用「美的歷史」來探索、呈現羅浮宮的藝術品如此理所當然。藝術之美不就正是為了讓我們得以逃離現實之醜嗎？每天的日常生活中，我們都要見到、都要忍耐多少的醜陋，鐵皮屋、垃圾堆、騎樓下停得亂七八糟的摩托車、完全沒有設計的各自為政隨便掛的招牌……。

然而艾可要提醒我們，「醜」是藝術中的一種元素，會在藝術品中，離開了生活的混亂無序，被用什麼方式表現出來。「醜」因而比「美」更複雜些，美的事物都可以放進藝術品裡，但醜的，卻必須要有特殊的理由，找到特殊的觀點與形式，才能站穩在藝術品中的地位。

討論藝術中的美醜辯證，無可避免一定會提到波特萊爾，他從巴黎都市生活的雜亂醜惡中，竟然提煉出決不予以美化，勇敢凝視醜，卻成為近乎奇幻的詩藝之美的句子與篇章，將之命名為《惡之華》，那是醜翻轉而為美，透顯一種一般之美絕對無法觸及的美。

這也就是芥川龍之介筆下良秀的信念與追求——當他眼中只有畫，他就超越了一般人看待美醜的劃分標準，而了解了如果將醜的事物，以別人不敢、無法呈現的方式予以呈現，表現的自身就會帶來一份震撼效果，產生一種奇特的美感經驗。良秀對於「美」的認知與體會，接近波特萊爾的「惡之華」式的認知與體會，和其他畫工的看法，有著極大的差距。

其他畫工選擇美的題材，良秀打破了這種美醜分別心，他要畫的是特別、非常的景致，所以他的畫會有一種震懾的力量，以至於有過被他的畫震懾經驗的人們，紛紛製造了各種傳言。

他們描述在看他的畫時會聽到聲音，會聞到氣味。明明是用眼睛看的，其他感官卻也被引動了。芥川龍之介這種寫法，也是受到十九世紀西方浪漫主義強烈影響的，源自於「魔鬼論」、「魔鬼形象」。

十九世紀歐洲最有名的音樂家之一，是拉小提琴的帕格尼尼（Paganini），他能夠在琴上發出別人拉奏不出來的聲音，甚至是明顯違背當時所知道的聲學物理原則的效果，例如在按弦時讓手指遠離琴橋卻能發出尖銳的高音。於是就有引用自《浮士德》故事的傳說圍繞著帕格尼尼，說他和魔鬼有了交易，得到了魔鬼的協助，才會有一般常人不會有、不可能有的演奏能力。而帕格尼尼自己非但不解釋、不辯白，甚至還隨而裝神弄鬼，製造出神祕兮兮的樣子來助長傳說，經常在作品中加入鬼哭神號般漾盪人心的聲響，以此進一步提升自己的名聲。

芥川龍之介借用了西方龐大的地獄想像與魔鬼意識來刻畫良秀以及他所經歷的。他遭遇、目睹了最震駭的人間地獄情景，最具有情感毀滅性的事故，然而因為他是那樣如同與魔鬼有了交易，帶上了魔性的畫師，即便在那一刻，他眼中看到的仍然只有畫，畫面進入他眼中、心中，成為執念，所以他不會被毀滅，他必須要將那個畫面畫入「地獄圖」中，將畫完成了，他才上吊自殺。

〈地獄變〉中的現代性

芥川龍之介在〈地獄變〉中藉由良秀所表現的，絕對不是歷史上的傳統態度，而是帶有清晰、強烈的現代性，表彰了現代藝術的精神。一個人在世俗上的所有「惡」元素，最後結合在一起成就了不可思議的藝術作品。藝術的追求形成巨大的誘惑，也是巨大的挑釁，衝擊人們對於善惡好壞的判斷，多了藝術的完成、永恆藝術品的價值、藝術產生的強大刺激效果，我們不得不重新思考原本日常生活中的判斷標準，尤其「什麼是惡？」。如果只有惡才能成就藝術，如果一般我們避之唯恐不及意欲徹底取消的惡，卻能夠、才能夠成就不朽的藝術，那麼我們看待惡的態度應該或不應該改變呢？要為了藝術而容忍惡，甚至鼓勵世俗觀念下的惡存在、蔓延嗎？

儘管用了歷史小說的形式，將故事放置在日本歷史的背景中，芥川龍之介寫出來的作品，呈現了強烈的現代藝術精神。十九世紀到二十世紀，尤其是從浪漫主義貫串到現代主義，西方藝術創作的追求，徹底改變了評斷人的價值的前提。

在此之前，要評斷一個人，一定要將這個人視為一個整體，從整體上看他是好是壞、是善是惡，而且他所做的事，和他是一個什麼樣的人，之間有密切、必然的連結，其所「為」是其所「是」的整體中關鍵部分。

然而現代藝術挑戰了這種人的整全觀：一個藝術家的能力非但不必然和他作為一個好人、善人的性質成正比，經常反而必須具備違背常識的好、善性質，具備「魔性」，才能創造出足以震撼人心的藝術作品。傑出、優秀的現代藝術家往往不是一般意義的好人、社會的好公民，只有在惡德與惡行中才能釋放他們的創作自由，讓他看到並能夠表現一般好人、好公民看不到、表現不出來的。

像〈地獄變〉這樣的小說，就是一枚「現代炸彈」，投向原本缺乏現代意識，對於西方現代藝術發展極度陌生的社會。經歷了良秀的故事，你還有把握應該如何判斷善惡、好壞嗎？你如何判斷良秀最終完成的驚人「地獄圖」這幅作品呢？依照世俗的標準，良秀這個人簡直沒有資格當作人，他唯一鍾愛的女兒發生那樣的事，他還能將畫完成，那是何等的冷血無情。

「你還是個人嗎？」這確實是小說中對於良秀的沉重質問。然而小說明顯地提供了和世俗很不一樣的另一種評斷方式，召喚著讀者願不願意、敢不敢靠近過去。那就是「地獄圖」保證良秀作為人的終極資格，甚至將他作為人的價值提升到其他人之上。如果目睹感受那樣的藝術品時，我們會變得願意接受、必須接受這一切，原諒了這一切。

這是現代藝術精神中最複雜、最難被理解的一部分。從世俗的眼光看，梵谷是瘋狂的，羅丹是瘋狂的，他們給身邊周圍的人帶來了多少麻煩、多少痛苦。許多現代藝術家他們一生所過之處都是廢墟。他們對於藝術的追求近乎沒有止境，不顧任何現實的代價，他們才能達到現代藝術的那種高度，才能留給我們那樣的超凡作品，也才能以作品震撼、影響後世的千千萬萬敏感心靈，徹底改變了他們的生命。

人追求藝術的衝動究竟可能推到怎樣的極端境地？我們願意為了藝術付出多高的代價，應該為了藝術忍耐到什麼程度？這些是現代藝術發展產生的重要問題，新鮮刺激卻又沉重的問題，很難有清楚、簡單的答案。

芥川龍之介最擅長將問題刻鏤在讀者心中。如果不想被這些難以有答案的問題困擾，那就不要讀芥川龍之介的小說，因為裡面一而再、再而三反覆呈現的是抗拒以簡單的方式來了解人，堅持要看見人內在的複雜糾結。

用這種方式來看人、理解人會不會很辛苦？是不是給自己找麻煩？是的，然而有了這樣的經驗，曾經陷入對於這種問題的反覆思索苦惱中，我們會有一項重要的收穫：必然變得謙卑，知道自己對於人還不夠了解，不能輕易對任何一個人下定論。

在今天的環境中，我有時很怕不小心看到台灣的電視新聞或電視連續劇，也會怕不小心聽到別人的對話。我在咖啡館裡看書備課時，聽到兩個年輕男生談論女朋友的經驗，描述形容他們遇過的女生。我不自禁起了一身雞皮疙瘩，希望全台灣的女生最好都不要遇到他們。因為他們對於人、對於女性除了外表的評斷之外，完全缺乏理解，似乎渾然不知一個人的外表會散放許多複雜的訊息，必須去解讀，去和內在的性格、感受或思想對應。他們明顯地對於人完全沒有想像力，卻因此而可以高談闊論，每一句話中都以極度自信、傲慢的方式說出來。

芥川龍之介一直在提問題，一直刺激我們保有疑惑，隨時戰戰兢兢地思考：這個人到底是誰？他腦袋裡在想什麼、心裡在感受什麼？還有，你自己呢？你夠勇敢誠實面對自己的思想和感受嗎？當你躲在棉被裡，認為沒有人在檢驗你、評斷你的時候，你會對自己承認，喔，當時在葬禮上我的眼淚不是為了死者而流的，而且意識到，那麼多參加葬禮都流下眼淚的人，就像〈枯野抄〉中的場景一樣，恐怕每個人悲傷的理由，得到的刺激都不一樣吧？

那才是人，那才是人性。

瘋狂的〈河童〉與〈齒輪〉

芥川龍之介在昭和二年，一九二七年的七月二十四日自殺身亡。在他生命中的最後一年，不論從任何角度、用任何標準去看，都很奇特的是：他一直維持著旺盛的創作力，寫了許多作品，而且寫出了和之前很不一樣的作品。

差不多在自殺前半年，他寫了三篇無疑的傑作，而且三篇是彼此關聯的。稍早些發表的是〈河童〉，寫了一個龐大的寓言故事，但卻是從精神病院開場的，設定為一個精神病患述說的故事。這個人將我們帶進一個和現實完全不同的國度，和一般人類社會形成了反轉對比。

〈河童〉裡寫了一個「反世界」，在那裡一切都和我們熟悉的世界相反。不過芥川龍之介沒有用天真、簡單的方式來表現「相反」，小說中最精采的不是故事，而是將重點放在刻畫河童的世界與人的世界間的關係，要求讀者去思考、去破解。

稍晚一點，已經來不及在他去世前發表，另有一篇〈齒輪〉，標題同樣指向瘋狂的狀態，因為這位敘事者會不斷在眼前見到幻影般的巨大齒輪，而且還是透明的齒輪。〈河童〉的寫法仍然考慮到讀者的現實立場，採用了外在的敘述聲音，由他來轉述精神病患的說法，讓讀者可以安全地假定這個河童的世界純粹來自瘋狂想像，並不是這個人真的有過那種每到晚上就有河童來找他的經驗。當他說：看啊，黑色的玫瑰花就是他們送給我的禮物，現實裡並沒有黑色玫瑰花；當他拿起書來朗誦書中的句子，敘述者卻告訴我們他拿的是最新版的電話簿。

敘述者代表我們，替我們做了判斷：這是一連串的瘋狂囈語。然而到了〈齒輪〉中，這種現實理性的介入消失了，小說就是由一個瘋狂的敘述者訴說的，我們再也分不清什麼是別人也能經驗到的現實，什麼是他的想像，兩者之間的界線要如何劃分。

瘋狂書寫在十九世紀的西方文學中很重要，並不是芥川龍之介發明的。然而他在瘋狂書寫中加入了一個特殊的層次，那就是〈齒輪〉的敘述者有時會意識到自己的瘋狂，而試圖去分辨什麼是真實、什麼是幻影，然而他的分辨常常更讓我們感到毛骨悚然。

例如，小說開頭先說了關於穿著雨衣的鬼魂的傳說，感覺上很明顯是虛幻的，然而後來卻出現了現實中他的姊夫臥軌自殺的事件，而他死時身上穿的就是雨衣。在這樣的瘋狂書寫中已經沒有了作為讀者我們一般認定、要求的，敘事者與其所敘之事間的距離。

〈齒輪〉呈現離開了正常理性情況下的生活。我們一般視之為理所當然，不用問、不用懷疑的許多現象，那些構成「生活」的必然細節，在這個情境中失去了穩定可靠的性質，因而使得我們在閱讀過程中感到極度不安。

宗教的意義

呼應〈河童〉裡寫到的一段情節，放在〈河童〉中當作寓言來讀會覺得很有趣，然而轉換到〈齒輪〉的情境裡，就變得恐怖了。

在〈河童〉中，芥川龍之介的寫法是河童國度裡也有各式各樣的宗教，而最為主流的是「生活教」。去過河童國的人曾經參觀過「生活教」雄偉又龐大的教堂，依照他的描述簡直像是高第（Antoni Gaudí）在巴塞隆納蓋的「聖家堂」一般了不起。他在教堂中遇見了長老，長老在神殿為大家介紹，居於最中心位置的是一棵「生命之樹」，旁邊羅列著這個宗教所崇奉的一個個聖者。

生命之樹的重點在於讓人接近自然，而最特別的是羅列著的聖者，每一個都是人，而不是河童。這是個寓言，引發我們思考：為什麼河童的「生活教」崇拜的都是人類的藝術家，這項姿態反映出什麼樣的生活價值？也刺激我們反思：我們自己又在生活上崇拜什麼樣的對象呢？我們如何選擇值得崇拜的對象，我們和崇拜對象之間是什麼樣的關係？

長老擔任嚮導帶他們走過了神殿，卻偷偷告訴他們：「其實我也不太相信這些。」

從〈河童〉中讀到「生活教」的描述，我們覺得滿有趣的，但如果對照〈齒輪〉中的反省，卻會體認到這中間的一項深刻質疑：你活著，過一般日常生活時，到底相信什麼？「河童」的世界做為一個「反世界」映照出我們自己這個世界裡的信仰，非但不是讓人面對生活，而是鼓勵人、幫助人逃離生活。

人類歷史中有組織的宗教，最主要的功能是處理死亡——人最害怕的、最難掌握、處理的一件事。宗教提供了關於死亡的解釋，並且訂定一套面對死亡的儀式，加強對於死亡意義的固定認知。這些宗教教義所提供的安慰有一個大致相同的方向，就是讓人相信有死後的存在，而且死後的狀況比當下現實更好、更重要。於是在幫助人不害怕死亡的過程中，這些思想、教義提供了另一個想像的存在型態，因為是想像的，所以可以比現實更誘人，引導人不害怕死亡，將人帶離現實，進而使人輕忽現實。

絕大部分的宗教都告訴人們現實不是一切，現實是比較劣等的情況，相較於現實，有另外更好、更美，甚至更真實的領域，等著我們獲得靈魂啟發，或在死後可以去到。而〈河童〉中「反世界」的宗教卻要肯定現實生命、肯定生活。芥川龍之介卻又以質疑的態度更增添了這部分思考的曖昧性。

我們這個世界的宗教組織化了之後，信仰變成了教條，於是表面上的成功，眾多的信徒、雄偉的建築，還有備受尊敬的教會，必然帶來這個組織內的虛偽、腐化。就像天主教羅馬教會歷史所顯現的，當千萬人們匍匐在至高地位的教宗面前表現虔信態度時，畫面中心的教宗擁有權威與財富，他往往反而是最沒有真實內在宗教信仰的人。

還有，如果真的建立了一個「生活教」，宗教的內容就是生活，沒有生活以外的東西讓人們去追求，你會相信這樣的宗教嗎？你會覺得「生活教」可以讓你的人生有意義嗎？

第四章
自傳性質的〈呆瓜的一生〉

人生不如一行波特萊爾

一九二七年六月，自殺前一個月，芥川龍之介又寫了〈呆瓜的一生〉（我用金溟若先生的譯名）。寫完之後，他將這篇作品交給了高校時的同學，曾經一起參與兩度復刊《新思潮》的久米正雄，附上了一封信，將是否發表這篇作品，何時及在什麼刊物上發表，都交由久米正雄決定。只是加了這項保留：「你應該知道稿子中描寫的人物是誰，但希望在發表時不要予以解說。」然後他說：

我現在生活在最不幸的幸福之中，然而奇怪的是我沒有後悔，只是覺得有我這樣的一個人作為丈夫、作為兒子、作為父親，這些人真是倒霉、可憐。再會吧。我在這篇稿子裡至少沒有打算要有意識地替自己辯護。最後我想說的是，我之所以把這篇稿子委託給你，因為我覺得你比任何人都更瞭解我（在剝去了城市人的這一層外表之後的我），所以就請你取笑我在這個稿子裡面的傻樣子吧。

很明顯的，芥川龍之介是將〈呆瓜的一生〉當作遺書來寫的，而作品中的「呆瓜」當然就是他自己。

這篇作品不太像小說，採用了比較接近散文詩的形式，一小段一小段的文字中透顯出強烈的詩的意趣。在他自覺即將離開人世之際，在清醒與瘋狂的交界點上，自己選擇了三十多年生命中的一些片段，藉由寫作賦予它們意義。

〈呆瓜的一生〉和前面的〈河童〉、〈齒輪〉都在表現：到了生命中的最後一年，芥川龍之介收拾、整理自己真的相信什麼，又如何看待自己的一生。三篇採用的形式卻都不一樣，〈河童〉是寓言，〈齒輪〉是放縱的瘋狂書寫，另外有散文詩般的〈呆瓜的一生〉。

從精神醫學的角度看，這時候的芥川龍之介出現清楚的被迫害妄想症（paranoid）症狀，經常有幻視、幻聽帶來恐慌。然而他卻一直保持極強烈的創作衝動，一路維持到最後沒有停歇。在他死後仍然不斷有遺稿發表。

這顯示了到臨死前，他都覺得有需要和這個世界溝通，向這個世界解釋自己是誰，在想什麼、在做什麼。這三篇作品源自於如此奇特，既絕望又充滿活力的矛盾情境，讓我們清楚地感受到他內在真實的掙扎。他的衝動如此強烈，以至於任何單一的形式都不足以承擔表達的任務，他需要將同樣的內容放進不同的形式載體中，反覆說了三次才夠。

在死前狂亂狀態下，芥川龍之介還能完成這些作品，真的很了不起。像是〈呆瓜的一生〉中的每一段都有一個標題，並且加上一個確切的時間，那是他生命中的一個切點。他從最早二十歲時切了第一段，這段的標題叫「時代」。

他活在一個什麼樣的「時代」？那是一個精采的時代，時代決定了他如何追求、如何相信。他表現時代帶來的感動是選擇書店作為場景，在一間書店的二樓，二十歲的「呆瓜」站在書梯上尋找新書。然後一連串的名字出現了：莫泊桑（Maupassant），波特萊爾（Baudelaire），史特林堡（Strindberg），易卜生（Ibsen），蕭伯納（Bernard Shaw），托爾斯泰（Tolstoy）……

天色漸漸變暗了，他依然專心地看著一本一本書背上的名字，排列在書架上的，與其說是書籍，還不如說是這個世紀末的時代本身。尼采、魏爾倫（Verlaine）、龔固爾兄弟（The Goncourt brothers）、霍普特曼（Hauptmann），福樓拜（Flaubert）……他和漸暗的光影搏鬥著，一個一個數著這些人的名字，但所有這些書沉入憂鬱的黑暗中了，他也終於失去了耐心，正打算要從梯子上走下來時，突然頭頂上一盞沒有燈罩的燈，赤裸裸的燈泡亮了起來。

他佇立在書梯上，回頭看，從他的高度，剛剛得到的亮光中俯視在書籍間走來走去的店員與顧客，發現他們看來如此瘦小、如此寒酸。這時一個句子突然出現在他腦中，多麼驚人的句子，後來被引用過千百次的句子：

人生不如一行波特萊爾。

起了白斑的瘋狂世界

和〈地獄變〉、〈河童〉、〈齒輪〉放在一起讀，我們可以更精確地理解這句話。芥川龍之介要告訴我們：生活沒有那麼值得珍愛，因為一般的生活沒有經過藝術整理、轉化，平庸、鬆散、一團混亂的生活是極度貧乏的，所以他用了誇張的比較——「人生不如一行波特萊爾。」

重點不在波特萊爾，更不在哪一行波特萊爾，而是那種藝術的態度、藝術的成果。芥川龍之介以一生的力量在追求藝術，才會在〈地獄變〉中追問藝術的意義與代價。在各方面都極其不堪的良秀，卻完成了超越性的藝術作品，於是他人生中的其他一切都不重要了，都可以被忽略、可以被原諒，良秀的人生的確不如那幅留下來的《地獄變》。

而他所感知的那個時代，明治後期到大正年間，最大的特色就是人被這些書籍、這些思想與藝術的成果包圍著、衝激著，因而得到完全不同的新鮮眼光。站在書梯上，一邊是這個世紀末的具體代表，歐洲文化的發展讓人離開了現實簡單的存在，得以朝向一種藝術的可能性變化。他沉醉在這種異質的環境中，一直到燈光亮起，提醒他仍然還有另一邊的存在。從這邊到那邊，那是太大的落差，價值的落差。

接著第二段的標題是「母親」。母親是他生命中最大的陰影，在芥川龍之介出生之後沒多久就發瘋了，而被送到精神病院去，使得他有了不正常、不一樣的身世。他住到舅舅家去，從小便常常想：如果母親沒有發瘋，如果自己沒有改姓芥川，那會如何？在改姓為芥川的現實之外，始終還有另一個自己，活在想像的平行時空裡，不斷地提醒他既有的人生不是唯一的，不是必然的。

母親投射的另一片龐大陰影，則是他會不會步上母親的後塵，也成為那麼嚴重的精神病患，也被送進可怕的精神病院裡去度過餘生？尤其是他年歲漸長，開始出現了各種徵兆，顯示他的精神狀況不完全正常，他和母親之間這項憂鬱的連結，變得愈來愈強烈。

他寫的「母親」，場景就是精神病院：

病患們一律都穿著深灰色的衣服，本來就寬大的房間因而顯得特別的憂鬱。有一個病患坐在風琴前面，一直熱情地彈著讚美歌，另一個病患站在房間的正中央，與其說是在跳舞，不如說是狂熱的、反覆不停地轉圈圈。他（呆瓜）跟一個面色紅潤的醫師看著這個景象，他的母親在十年前和這些人完全一樣，實際上他已經從這些人的氣味當中，感受到他自己的母親。醫生問他要走嗎？醫生先往前走，沿著走廊走進一個房間。房間的角落裡擺著一個裝滿酒精的大玻璃罐，裡面浸泡著幾個大腦，他在一個大腦上發現一點白色的東西，好像蛋白粘到上面。他一邊跟醫生談話，一邊又想起自己的母親，醫生就跟他介紹說，這是某某電燈公司工程師的大腦，他一直都認為自己是一座黑亮的大發電機。他為了躲避醫生的眼光，看著玻璃窗外面，外面除了插有玻璃碎片的磚牆之外，沒有任何別的東西，但是稀稀疏疏的青苔顯現出淡淡的白。

這是對於母親在精神病院去世後，醫生要帶他去看遺體過程的回憶。他對母親很陌生，難以記憶、甚至難以想像，他只能悲哀地從這些精神病患的異常行為中，去感知母親。然後他看見了被封存起來，拿來做研究用的大腦，醫生要檢驗腦中究竟產生了什麼樣的病變，看過了染著白點的病人大腦，他往外看，發現那一面磚牆，將精神病患禁錮起來的牆，牆上還插著玻璃碎片，長了青苔的牆面上顯現出和病腦相應的點點白斑。彷彿那個腦的病變感染了牆，更像是腦的病變感染了他的知覺，讓他眼中到處看到病態的白斑。

芥川龍之介經常意識到自己的生命源自於發了瘋的母親，因而也意識到自己很有可能會發瘋，帶著這份自覺，他會在所看到的世界間敏感地檢查是否有了瘋狂的跡象。

陰鬱的向島櫻花

第三段的標題是「家」，「家」對他來說也是個不穩定的地方。「他原先居住在郊外一棟兩層樓的房子裡，由於地盤鬆軟，所以那個房子奇妙的傾斜著。」

然後他提到了「阿姨」，這是母親沒有出嫁一直留在娘家的大姊。芥川龍之介小時被送到舅舅家，這位大阿姨就成了他主要的照顧者。阿姨沒有自己的家庭，又憐惜妹妹發瘋後留下的這個小孩，所以很疼愛他，但阿姨的愛成了芥川龍之介後來最大的拘束。他年輕時的第一段重要戀情，他愛戀到希望能夠結婚的對象，卻遭到了阿姨的強烈反對，使得他最後只好放棄。

芥川龍之介之所以能在作品中探索人性的複雜，一部分也是因為在他成長過程中，有許多弔詭的切身經驗。例如應該和他最親近的父親，卻對他做了最殘酷的事，那就是放棄他，收回了父親的姓氏，將他交給舅舅，跟著舅舅姓，變成了舅舅家的兒子，而父親還認為這是為了他好。又例如那麼疼他的阿姨，成長過程中全世界對他最好、最關心他的人，卻因而帶給他情感上最大的災難，讓他體會了最深切的悲哀。

愛一個人有那麼容易嗎？要對一個人好有固定的方法嗎？在人與人的互動關係中，主觀與事實會隨著複雜的情勢條件、複雜的人情反應而產生種種扭曲變化。如果停留在自己的主觀，只了解自己的動機，你永遠不會了解人，人不會依照你的主觀活著，在互動中的關係效果不會總是符合你的動機預期。

阿姨如此進入芥川龍之介的回憶中：

他的阿姨在這兩層樓裡經常跟他吵架，也因此使得他的養父母——事實上就是他舅舅跟他舅媽——必須經常出面仲裁，但他從他的阿姨身上感受到最深的愛。阿姨一生獨身，在他二十歲的時候，阿姨已經年近六十，他在二樓的房間裡經常思考這樣的問題：相愛的人就要相互使對方痛苦嗎？這時候他總是感覺到令人恐怖的二樓這兩層樓的傾斜。

他二十歲時為了戀愛對象，而經常和阿姨吵架，以至於使得他有了錯覺，好像這棟樓之所以傾斜，是因為愛一個人激發出的巨大拘束力量所造成的。

第四段是「東京」，芥川龍之介選擇從行駛在隅田川上的小汽船看東京。現在去東京的觀光客很少會去搭隅田川的遊船，因為航程的兩岸實在沒有什麼太精采的風光，不過從歷史懷舊的角度還是值得去體會一下，因為隅田川沿岸曾經是最早受到西方文化影響、改造的「異人區」，也是夏目漱石、谷崎潤一郎、芥川龍之介他們熟悉的地方，是他們作品中經常出現的背景。

從行駛中的小汽船窗戶往外看，這是櫻花盛開的季節，但當他看向開滿紅花的河中沙洲「向島」時，所感受的卻是河水混濁，紅花看起來像掛滿了瀑布般陰鬱。在那一刻，他從江戶時代就已經很有名的「向島櫻花」中發現了自我——別人認定的亮點、光采，帶給他的卻總還是陰鬱。

在〈河童〉所顯現的「反世界」中有一段描述，一位音樂家在那裡作品被樂評人痛批，朋友特別去安慰音樂家，告訴他：「其實你的作品很好啊，不必理會評論家胡說八道。」聽了安慰之語，音樂家哭了，他說：「你們看不出來嗎？樂評人是對的啊！我的作品有問題，是你們錯了啊！」

這諷刺顯示了在我們的世界裡，作為一個藝術家如果你在意的不是藝術本身，而是藝術能帶來的光采，那就需要許多自欺，包括不願接受任何負面的意見。而且你身邊的人會形成共犯圈，或用我們今天的流行語說，就是同溫層，來幫助你擺脫負面意見，用往往他們自己都不相信的話安慰你。

芥川龍之介和一般人不同之處就在，他努力抗拒這樣的光采誘惑，看見向島的櫻花，他沒有理所當然和大家一樣驚嘆紅花的光采，而是意識到了漂亮、華麗只是外表，看見了內在的陰鬱，那份陰鬱才是他獨特的自我感受。

〈呆瓜的一生〉的橡膠樹

所以下一段的標題就是「我」。他和一位前輩在一家咖啡館裡相對而坐。文中並沒有寫明前輩是誰，不過從其他資料我們確切知道那是谷崎潤一郎。

咖啡館裡「我」不停吸菸，很少說話，熱心傾聽對方所講的。那個時候谷崎潤一郎已經成就了「唯美派」或「耽美派」代表作家的名聲，而且相對於芥川龍之介，顯然是比較外向、比較愛說話的。

前輩談話中提到自己今天坐了大半天的汽車，「我」這時才插嘴問：「是有什麼事嗎？」前輩用雙手支著下巴，極其隨意地回答：「沒有，只是想坐而已。」

然而前輩如此不經意的一句話，卻「將我解放到一個陌生的世界，那是與諸神接近的我的世界。我感覺到一種疼痛，同時也感覺到欣喜。」他形容咖啡館很小，但是在鑲嵌著牧羊神的鏡框底下擺著一個深紅色的花瓶，橡膠樹（ゴムの樹）低垂著肉質厚厚的樹葉。這裡出現了橡膠樹，在〈呆瓜的一生〉文中，橡膠樹會反覆出現，那是一個重要的象徵。咖啡館明顯呈現了異國情調，和前輩的話語共同建構了一種離開現實的氣氛。

他的疼痛與欣喜來自於體會到了，人本來就可以不為什麼花大半天時間去搭車，不斷在路上，將一般作為去到什麼地方的手段，變成目的。「我」可以如此不受拘執，而且也只有在這種不受拘執的情況下，才會確定知道自己要做什麼，隨著這樣的心意去做，那才是「我」。這種體會當然帶來欣喜，但不會是純粹的歡愉，必然同時帶來背離常軌的壓力，不過這份痛苦也是歡愉的一部分，靠著痛苦使人離開固定的「手段—目的」關係，離開了習慣的生活，得以探觸到自我。

再下一段是「疾病」。帶點夢幻的情境——在不斷吹拂的海風裡翻開英語大詞典，用手指頭指著一個一個字。他翻到的是t開頭的字：

Talaria——帶有護翼的涼鞋；Tale——故事；Talipot——產於東印度的一種椰子樹。樹幹高達五十至一百英尺，葉子可以拿來做傘、做扇子、做帽子，七十年開花一次……

看著這個植物的名字，在他的想像中清晰地出現了七十年才開一次的椰子花，接著他的生理有了奇特、強烈的反應，喉嚨空前奇癢無比，不得不將一口口水吐出來，吐在字典上。如此強烈、不自主的反應來自時間，相較於想像之眼中所見到這朵花，人的生命、自己的生命何其短暫。這種植物可以一動不動站在那裡，等待七十年才開一次花，那樣的時間幾乎是靜止的，幾乎失去了流動性，失去了我們人生會感覺到的壓力。

這段同時顯現了芥川龍之介的特殊能力與習慣——他隨時在動用想像力，甚至可以閱讀字典，因為一個字的簡單定義、描述，都可以引動他的想像，帶來強烈到產生不自主身體反應的感受。

第七段則是「繪畫」。文中形容站在書店裡看著梵谷（Gogh）的畫冊時，突然對於繪畫這件事有了理解。畫冊上的複製作品畫面已足以讓他感受到鮮明深刻的大自然，更新了他看這個世界的方式。受到畫的影響，他不知不覺中開始去觀察樹枝的彎曲形狀，以及女性豐腴的臉頰。

在一個秋雨過後的黃昏，從郊外的鐵路柵欄邊走過，柵欄對面有堤防，堤防下停著一輛馬車，他走過去時突然覺得在他之前，有人已經先走過這條路了。那是誰？在他二十三歲的心裡，自動地浮現出那個割掉自己耳朵的荷蘭人，正叼著大菸斗聚精會神凝視著這憂鬱的風景。

這是一種神奇的視覺啟蒙經驗的記錄。他不只是欣賞梵谷的畫，而是透過梵谷描繪景物的方式，意識到自己從來沒有認真好好觀察，運用自己的眼睛看到那些被梵谷提醒了的細節，原本習慣無意識瞥過的形狀、色彩，現在變得有意義，也添加了主觀的感受了。

換上了這樣的眼光，現實上是芥川龍之介的眼睛所見，然而選擇看見什麼、如何看卻被繪畫作品改造過了，所以現實裡那個有馬車停在堤防下的風景，瞬間變得好像是梵谷作品中會有的畫面。那瞬間，他很自然地替換上梵谷的眼睛來看周遭的環境，注意到了原本不會注意、不會有印象的畫面。

生命的絢麗與脆弱

再下一段是「火花」，我年輕時最喜歡的一段，喜歡到一度將金溟若的譯文都背了下來。那時候單純就是喜歡，無法解釋這段好在哪裡。

開頭描述他冒雨走在柏油路上，雨愈下愈大，他在雨水裡聞到從雨衣上冒出來的橡膠的味道。橡膠又出現了，這次是以濃厚的氣味出現的，那個時代的雨衣是使用橡膠塗料材質來防水的，因而那股氣味常常在記憶中和下雨的情景結合起來。

眼前出現了空中的電車電線。那個時代的電車是靠空中連綿不斷的電線提供電力，電車頂端有一個接連電線的支架。雨中，架在空中的電線閃了一下，發出了紫紅色的光。

他莫名地激動起來。在他上衣口袋裡裝著這一期同人雜誌發表的稿件，他一邊冒雨前行，一邊回頭又看一眼那一條電線，電線還在發出激烈的火花。他環視周遭，想不到有任何他特別想要的東西，但是唯有這紫色的火花，這在空中凌厲爆發的火花，哪怕付出生命，他都想要去換取。

當我讀這段文字時，還沒有看過這種電車。幾年之後我到了美國，在波士頓的街上第一次看到牽拉電線的街車時，雖然那是個秋日的晴天，在我眼前立即出現了陰鬱的雨，雨中奇幻的紫光從電線上爆跳出來。那不是我自己的眼睛在看電車，而是換上了芥川龍之介的眼光，得到那份美的感動。

這段那麼吸引我，現在知道了，是因為觸及極其簡單卻又重要得不得了的問題：到底在你的生命中要什麼？你如何決定在生命中要什麼？而芥川龍之介提出的一個答案，或是思索答案的提示，是弔詭的：任何你講得出道理的應該去擁有、去追求的，都不會是對的、好的答案。

人生最特別、最珍貴的，就在於會有那種詩意的瞬間，完全不預期的現象對你產生了強烈的吸引，因為是不預期的，你沒有理由要去追求，所以這個瞬間帶給你離開預期的自由。紫色的火花讓他擺脫了所有的道理、所有的必然，得以「解放到一個陌生的世界，一個與諸神接近的我的世界」裡。

再下一段源自於芥川龍之介人生中一項奇特、極端的經驗。標題是「屍體」：

所有屍體的大拇指上都用鐵絲拴著一個名牌，上面寫著姓名跟年齡。他的朋友彎著腰，正用手術刀非常熟練地開始剝下一具屍體的臉皮，皮膚下面是美麗的黃色脂肪。他凝視著屍體，這對於他要完成的一篇短篇小說，一篇以平安朝為背景的短篇小說，是完全必要的。

他為了要寫像〈羅生門〉那樣的一篇小說，描述在城樓上堆著腐化程度不一的多具屍體，屍體敗壞後顯露出內在的模樣，所以他去看解剖屍體，以便取得精確的認識。但屍體發出像杏桃爛掉的臭味，使得他心情惡劣。他的朋友緊皺眉頭，沉著地動著手術刀。然後朋友就說了一句話：「這一陣子，連屍體都不夠。」聽了這句話，他彷佛早就知道會有這麼一句話，甚至在心裡已經準備好了回應：「要是屍體不夠，我就會沒有惡意地去殺人。」

那麼殺人變成是有理由的，不需要出於對死者的惡意，而是為了解決屍體短缺的問題。這是瘋狂的態度吧！而要進一步了解這話中的隱喻作用，我們又必須對照參考〈河童〉。

河童的「反世界」裡，他們處理失業問題的方式，是將失業的勞工統統吃掉。還有，河童很容易就會死，有時候只不過因為被罵了：「你是隻青蛙！」否定了他的河童身分，被罵的河童就開始想：我真的不是河童嗎？我其實是一隻青蛙嗎？想來想去得不到答案，他就死了。

對在一起我們明瞭了芥川龍之介的悲鬱。在這樣的時代中，殺人、剝奪一個人的生命有那麼難嗎？河童世界裡發生的事，不過就是我們這個世界的誇大戲劇性表現罷了。我們的失業勞工，實際上也被這個社會用棄置不理、不救濟的方式，逼向死亡，這是抽象的、變相的制度吃人。在「反世界」中，不過是將抽象的用具體、戲劇性的方式表達出來而已。

同樣的，這個時代的殘酷，在於人的生命被工具化了，為了更大的目的，人大可以被犧牲。這個社會需要的，從來不是更多的人。當崇高的醫學體系需要更多的屍體，有什麼理由禁絕以殺人來滿足這項需求？

河童的生命很脆弱，於是也就很方便可以被消滅，和河童的世界相比，那麼多人都還活著，並不是因為他們的生命有意義，受到保護，而只是人命比較堅韌，不像河童只需一點點小理由，一點點小力量就可以讓他們死去。

另外一份反諷在於：河童之所以脆弱，源自於那是個說真話的世界，所有的河童認真對待自己說的話，也同樣認真對待別的河童說的話，不像我們有那麼多虛話、空話、假話作為人與人之間的緩衝，所以我們不會那麼容易因為自己說了什麼，或因為在意別人說了什麼就死了。

景仰的夏目漱石

接著是標題為「老師」的第十段。這位「老師」就是夏目漱石，是芥川龍之介最尊敬的前輩。他描述自己在巨大的橡樹（檞の木）下，閱讀老師的書，秋天的陽光照耀著，橡樹的葉子完全不動。

為什麼橡樹、橡膠那麼常出現？在芥川龍之介的象徵系統中，橡膠代表熱帶南方的異國情調，和北國日本的陰寒冷鬱形成強烈對比。另外橡樹的葉子即使在風中都能維持不動，對照周圍其他搖曳製造不定晃影的植物對照，給人一種永恆不變的錯覺。

然後他用短短的一句話評論了「老師」的作品：

遙遠的天空上，一杆垂著玻璃秤盤的秤在努力維持著平衡。

乾淨漂亮的比喻，浮在天空上，像雲產生的變幻形狀，出現了一桿老式的秤，一邊是長桿和重重的砝碼，另一邊承載被秤重物品的，卻是透明的的秤盤。從秤的顯影到特殊的秤盤，都是不定、脆弱的，那當然能得到的，必定是不穩定隨時會消逝的平衡。

夏目漱石小說中描述的人間事物，如此不安定，在真實與虛幻的臨界點上，然而他作品最大特色與貢獻，就在於仍然努力尋找、提供很難存在、更難維持的平衡。那樣近乎知其不可而為之的努力，又和橡樹葉的穩定、永恆印象，互相呼應。

這是芥川龍之介對夏目漱石作品精簡的詩意總結，因為用這樣的詩意表現，讓我們可以輕易地記在心中，不管讀夏目漱石的哪一本作品，都可以拿出來參考咀嚼體會一下，而得到啟發。

第十一段是「黎明」，延續著對於老師的感懷，換了一個很不一樣的場景。

天色逐漸破曉，他眺望過城市街角的一個規模很大的早市，熙來攘往的人群和車輛都染著薔薇色的微光。

他點燃一根香菸，慢慢走進市場，這時候一條瘦小的黑狗突然對他吠叫，而他絲毫不吃驚，甚至喜歡這條狗。市場的正中央有一棵法國梧桐，樹枝向四面伸展，他站在樹根下，透過樹枝仰望高高的天空，在他的頭頂上亮著一顆星星。天剛亮，應該星星要隱退，但這裡留著一顆星星在天空上。那一年他二十五歲，見過老師的第三個月後。

很明顯，描述的是夏目漱石對他的影響。一個新的時代像新的一天般要展開熙攘的活動了，然而應該逝去隱退的前一個時代，那些應該在早晨消逝的群星，卻留著一顆還是亮著，穿過早晨的樹梢讓他得以仰望看見。雖然身處在市場裡，他的意識離開了這熙攘的現實，專注在市場中央別人（更別說黑狗）不會注意到梧桐樹，凝視著梧桐樹梢夜晚留下來的最後一顆星星。

第十二段是「軍港」，背景是他到橫須賀港去參觀潛水艇，走進了潛水艇狹小的空間。

潛水艇內很暗，前後左右全部擠滿了機器，他彎腰看著小小的潛望鏡，映在潛望鏡裡的是水面上明亮的軍港的景象。一個海軍軍官對他說「你也看得到旁邊的金剛號吧。」他透過四方形鏡片眺望顯得很小的軍艦，莫名其妙突然想起了荷蘭芹（阿蘭陀芹オランダぜり），配放在一份三十錢的牛排上散發出淡淡味道的荷蘭芹。

那個時代，從西方傳進來的各種事物很容易在印象中彼此混雜。從那麼逼仄狹小的空間裡，透過潛望鏡竟然看到停泊在旁邊的軍艦，一切尺度衡量錯亂了，從視覺混入嗅覺，莫名其妙地、完全不自主地想起了牛排上的荷蘭芹，在這兩者間建立了因果連結。

這是波特萊爾在散文詩集《巴黎的憂鬱》中開發出的特殊寫法，用來顯現巴黎都會生活的錯雜刺激，事物不會再以傳統的緩慢步調靠近人，讓人有足夠時間經過選擇、整理才進入意識中。新的都市生活現象創造出來不及消化、即時的直覺，自己都不見得能解釋的感官感受。這同時也就是到了二十世紀被認為以非理性聯想來探索、表現潛意識的一種寫法。在芥川龍之介的描述中，顯然進入潛水艇成了進入自身潛意識的象徵，在那哩，感官依循的就不再是理性的邏輯了，換上了曖昧的聯想刺激形式。

夏目漱石之死

再下來這段，寫了「老師之死」。

他在雨後的風中，走在一個新的月臺上，天空仍然昏暗，三、四個鐵路工人在月臺對面一起揮動著鐵鍬，高聲叫著不知道什麼，雨後的風把他們的叫聲和情感吹得四分五裂。他把香菸叼在嘴裡，卻沒有點火，感覺到一種近乎愉悅的痛苦，口袋裡還塞著老師病危的電報。這時候一列早晨六點上行的火車，從長滿松樹的山背後拖著淡淡的白煙，扭曲般地朝這裡駛來。

看到標題，我們當然會想起他描述松尾芭蕉在弟子環繞下死去的情景。表面上弟子們痛苦哀傷地面對老師之死，然而複雜的內在卻絕對不止於痛苦哀傷。可以這樣弔詭地說：如果只是痛苦哀傷，就不會那麼痛苦。真正最強烈的痛苦絕對不會只是痛苦，太痛了而產生對於痛苦的逃避與扭曲本能，如同我們平常想到火車都是一長列直直地行駛，以至於看見正轉彎中的火車，會有一種不真實的扭曲之感，甚至仍然固執認為火車該是直的，是週圍的環境被什麼奇幻、可怕的力量在你眼前硬是被扭曲了。

收到夏目漱石病危電報時，給他帶來了這樣「近乎愉悅的痛苦」，比單純的痛苦更痛苦的感覺，應該也就是這段強烈到足以扭曲現實的經驗記憶，使得他能夠寫出芭蕉之死那樣不同的複雜情境，將自己曾有過的種種感受，分配給芭蕉的好幾個學生。

接著是「結婚」。這又是他人生中重要的場景，但他的切片描寫方式，卻延續了前面的痛苦主調。

他在婚後的第二天抱怨妻子：「妳一來就這樣大手筆的花錢，這怎麼行呢？」其實，與其說這是他的不滿，不如這是他阿姨逼他去說的抱怨的話。於是他的妻子不只對他，也對他的阿姨道歉。他面前擺著妻子為他買的黃水仙花盆。

就只有那麼一小段，卻集合了他一生中的幾件重要元素。結婚第二天，新婚妻子特地去買了要給他的水仙，卻遭到了抱怨訾罵。不是出於他自己的不滿，而是為了阿姨。終生未婚悉心照顧他長大的阿姨，也像寵愛兒子的母親一樣，對於他娶的妻子抱持著高度嫉妒敵意，要從確定這個外甥不會那麼愛妻子來獲得安全感，作為自己生命付出的肯定。才第二天就發生這種事，這樣的婚姻不可能有什麼光明幸福的前景。

再下來第十五段用只有兩行的篇幅講他和太太的關係：

他們和睦地生活著，在寬大的芭蕉葉下。因為他們的家位在從東京坐火車也需花上整整一個小時才能到達的海邊城鎮裡。

只有當他們離開了東京，去到很遠很遠的地方，才有辦法和睦地生活，也等於說，所有在東京的時間，他們都在陰影下無法和睦生活，這是他對婚姻最主要的印象與紀錄。

沾上蝶翼鱗粉的唇

第十六段，標題是「枕頭」，也很短：

他枕在散發著薔薇葉氣味的懷疑主義上，閱讀安那托爾．法朗士（Anatole France）的書籍，但是他沒有意識到這枕頭裡也有人頭馬身。

這是模仿法朗士的寫法。十九、二十世紀之交，法朗士不只在法國，在亞洲日本、中國都有很多讀者，帶來了強烈的象徵主義、野蠻主義風格的影響。法朗士也曾得過諾貝爾文學獎，當時被視為理所當然，實至名歸，但現在他卻被大部分人遺忘了，只有一部作品《泰漪絲》（Thais）稍多一點人知道，不過還是因為這部作品被馬斯涅改編為歌劇，劇中有一首大受歡迎的間奏曲〈泰漪絲冥想曲〉經常被演奏、錄音的關係。

法朗士為什麼會如此被遺忘？主要的原因在於他太法國了，他的姓就是France，所以在英國、德國、義大利等地就沒有那麼受到重視。會影響亞洲，反映的是那個時代浪漫主義狂潮席捲下，對於法國的一種特殊嚮往，在中國，從最浪漫的徐志摩，到溫和的夏丏尊，他們都讀法朗士，經常在作品中引用法朗士。

芥川龍之介特別凸顯了法朗士的「懷疑主義」。這是二十世紀現代主義中的一個潮流，處於變動環境中，形成了不斷懷疑一切的動態立場。芥川龍之介形象地描述自己睡在懷疑主義的枕頭上，意味著能讓他入眠休息的，不是信仰，而是懷疑。不過懷疑主義有其限度，一旦他抱持懷疑態度入眠了，也就忘了要繼續懷疑這塊枕頭裡究竟裝了什麼。

這是徹底懷疑的精神，連懷疑主義本身都不能逃過懷疑。

第十七段是「蝴蝶」：

> 一隻蝴蝶在彌漫著海藻氣味的風中，在海邊翩翩飛舞。他有一瞬間感覺到蝴蝶的翅膀接觸到自己乾燥的嘴唇，但是抹在他嘴唇上的翅膀的粉，蝴蝶翅膀上面的粉在幾年之後依然發光閃亮著。

這一小段也很精采，比較容易理解。這是二十世紀現代詩中經常使用的手法，重點在於混淆、甚至打破對於時間久暫的分辨。現代生活的一項特徵，是物理的時間統一了所有的時間，客觀的、可以用時鐘統一表現的時間，成為唯一被認可的時間。物理的時間很容易分出久與暫，一分鐘比一小時短暫，又比一秒鐘長久。但依照海德格（Martin Heidegger）哲學的提醒，這種物理時間不是真實的時間，不是存有的時間，我們不是依照這樣的久暫公式感受時間，存在式地體驗時間的。

時間的本體，其實沒有固定的長度，物理性的衡量反而是對於時間的一種扭曲。所以文學、藝術，尤其是詩，要幫我們還原在現代中失落的真實時間，以真實的存在去接觸時間，抗拒物理時間的統治。與蝴蝶的接觸只有一瞬，但那一瞬可以不斷延長，沒有極限，超越眾多被遺忘的、沒有留下任何體驗的時間，彷彿那翅翼上的粉一直留著，而且統合了觸覺與視覺，多年之後沒有消退，可以繼續讓自己脫離既有的主客觀區隔，可以看見自己的嘴唇因為這個神奇經驗而發亮。

飛翔的思想

從第十八段「月亮」開始，芥川龍之介讓他曾經遇到的一些女子登場。

> 他在一家飯店的樓梯上，與她邂逅，那個女人的臉在白天也彷彿沐浴著月光，他目送她走去，他們素不相識，感受到前所未有的寂寞。

這也是物理時間上短暫瞬間發生的，不過就是和一個從來沒見過，以後應該也不會再見到的女子在飯店的樓梯上錯身而過。然而那女子帶給他一種特殊的感受，於是就變得難忘，拉長了經驗的時間性。明明是白天，而且是在室內，那名女子的臉上卻散放著月光般的特殊明亮。那種不預期的美，不只吸引了他的注意，而且讓他頓時產生了一種對於美的歸屬感，又立即弔詭地因為認知那美將在眼前徹底、永遠消逝，而有了最強烈的失落感。

下一段標題是「人造翅膀」，用了神話的比喻：

> 他從安那托爾·法朗士轉向十八世紀的哲學家，但他無法接近盧梭（Rousseau），那也許是因為他自己有容易感情衝動的那一面，這和盧梭非常接近。

離開法朗士那樣介於浪漫主義和現代主義間的風格，他想要接近理性主義，所以盧梭對他而言還是太浪漫，太強調直覺與感情衝動了。他轉而選擇了「他自己的另外一面，與富有冷靜、理性一面」的哲學家。

他選的是憨第德（Candide），憨第德不是真實人物，是伏爾泰創造的劇中人物，他極度理性，透過自認的理性推斷，他相信所有存在的都是好的。他所顯現的忠厚或愚蠢，是這齣戲的主題。芥川龍之介覺得這最接近自己二十歲時的心態。

等到他二十九歲時，去讀了之前不敢讀的盧梭，而發現盧梭的熱情與衝動真的和自己很像，因而感到恐懼，轉而去讀伏爾泰，希望那樣的作品能夠平服、壓抑自己過多的衝動：

他二十九歲，人生看不到光明。但伏爾泰給了他一組人造翅膀，他展開這個人造翅膀，輕鬆地飛上天，同時沐浴著理智之光的人生悲歡，沉入到他的眼睛下面，他把冷嘲熱諷扔在破破爛爛的城市上，在無邊無際的天空一直不斷地向太陽攀升，忘掉了古代希臘人也這樣展開人造翅膀向太陽飛去，結果翅膀被太陽燒毀，墜海而死的故事。

他用了古希臘神話中代達洛斯（Daedalus）的故事。他是個巧匠，以無以倫比的技術用蠟做了翅膀，讓自己和兒子伊卡洛斯（Icarus）得以飛到空中，然而興奮的兒子在飛行中忘記了父親的警告，愈飛愈高，愈來愈接近太陽，身上蠟做的翅膀被融化了，從空中直墜下來喪失了生命。

芥川龍之介以此檢討自己人生中曾經如此依賴理性，以為能夠藉著理性來分析人世，從理性上睥睨人間，因而愈來愈遠離生活，反而被理性拉向致命的瘋狂。

第二十段是「鎖鏈」：

他們夫妻決定和養父母住在一起，因為他已經下定決心要到一家報社去工作，一份寫在黃紙上的合同，讓他充滿了信心。但後來仔細一看這份合同，發現報社沒有承擔任何的義務，只有他必須承擔義務。

這是對照的。他做過努力，從愈飛愈高的危險中逆轉回來接近人世，和養父母同住並去找一個「正常」的職業。然而人世的基本性質是：用名為保障的形式，將人的意志與思想監禁起來，將人扣在重重無形的「鎖鏈」拘執中。

走向瘋狂

這一段讀來像是極短篇小說：

兩輛人力車在陰天靜悄悄的田間道路上奔走，從吹來的海風可以知道這條路通往海邊，他坐在後面的一輛人力車上，一邊訝異著自己對這個約會地點竟然毫無興趣，同時思考著究竟什麼樣的東西把他自己引到這裡來，這絕不是戀愛。如果不是戀愛，那會是什麼？

一女一男兩個人分乘一前一後兩輛人力車，要去幽會，但男人卻感到茫然，不確定究竟是什麼力量將自己帶進這樣的情境裡，他知道那絕對不是愛情，但又不願意去想去承認既然不是愛情，那就應該是出於自己的強烈動物性欲望。

前面車上坐的是一個瘋子的女兒，她的妹妹也具備有同樣瘋狂的性格，因為嫉妒而自殺。他卻被這樣的女人吸引了，對這樣的自己他感覺極度憎惡，無法正面應對，於是只能讓自己去想：至少自己和這個女人是平等的。意思是至少他沒有卑劣到去欺騙一個瘋子的女兒，占她的便宜。

> 兩輛人力車從散發著大海腥味的墳墓邊跑馳過，黏著牡蠣殼的木頭圍牆裡面立著幾座黑黝黝的石塔，他眺望著石塔，那一頭泛著微光的大海，突然對這個女人的丈夫——這個沒有能夠抓住女人的心的丈夫，產生了輕蔑的感受。

這段就這樣結束了。前面一段提到了，二十九歲時他生命最大的危機，是無法壓抑自身內在的瘋狂傾向，就連理性最終都將他引導向瘋狂。對於瘋狂，他有了愈來愈強烈的著迷，既害怕自己和生母一樣發瘋，卻又愈加接近瘋狂。

他不愛這個女人，他也厭惡自己的動物性欲望，然而卻還是和這個女人一起奔向偷情幽會，到底為了什麼？他最不願意承認的，卻又否認不了——因為這是個瘋子的女兒、瘋子的姊姊，使得他感受到無法抗拒的親切。為了不讓自己繼續去凝視、思考這項可怕的事實，最後他只好找替罪羔羊，賴到那個女人的丈夫身上，輕蔑他竟然看管不住自己的妻子，讓他有機會這樣和這個人的妻子一起幽會。

認真讀過、體會過芥川龍之介，你會再也無法忍受任何通俗、刻板印象對於瘋狂的描述。我們沒有權利汙衊、醜化瘋狂，瘋狂是複雜的，是有深度並有巨大力量的，沒有親身經歷過被那種力量拖向深淵的人，對於瘋狂最好保持一份帶有敬畏之意的沉默。

還有一段標題是「某畫家」，我們現在可以不必追究他是以當時的哪一位畫家為描繪原型了。他說：

這是某雜誌上的一幅插畫，這幅畫描繪一隻公雞是用水墨畫的，具有鮮明的個性。

所以他向一個朋友打聽這一位畫家，一週之後，這位畫家前來拜訪，這是他人生當中相當重要的一件事。他從畫家身上發現誰也不知道的詩歌，而且還發現了連他自己都不知道的他的靈魂。

人是如何接觸到自己的靈魂，自己內在最重要的部分的？誰也沒有把握。在那片刻，他從一個完全不認識的畫家的一幅作品，偶然的相逢，竟然看見了自己最深刻的內在。對比：

一個微寒的秋日黃昏，他從一顆玉米上突然想起這個畫家，高高的玉米外面包著粗糙的葉子，神經一般非常細的一根一根鼓起來，裸露在土地上。這無疑是他的自畫像，然而這個發現只會使他感到憂傷。

「已經晚了、太遲了，但是一旦關鍵的時候。」

這個畫家給他的刺激，是讓他思考要如何將自己畫出來。如果將自己畫出來，那麼他會是土地上的一株玉米，過於纖細的神經暴露在外，充滿了不安全、不安定的危險。他更深切地認識了自己，這認識引發了他的感慨獨白，他知道自己已經越過了那關鍵時刻，生命的時間已經來不及了。

來不及挽回要自殺的決定。

瀕死之心與瘋狂文本

閱讀〈呆瓜的一生〉等於是一段一段逐步跟隨著芥川龍之介，走向他人生的終結，因而必然是愈讀心情愈沉重。不過閱讀時仍然有一份安慰，不會因而感到徹底的晦暗，感到人生不值得活。雖然我們明明知道他最後自殺了，然而在記錄這趟朝向死亡的旅程時，他留下來的文本仍然不只充滿了意義，甚至有一種只能在這種真實存在掙扎中才有可能表現出來的華美與精采。

我們因而懂得了要珍惜他的死亡、珍惜導致他走向死亡的瘋狂。不論視之為啟示或示範，芥川龍之介的文字相反地刺激提醒了：如果有這些重要、值得珍惜的東西相伴，人生畢竟還可以繼續賴活著。這是我的讀法，當然相當程度源自我的主觀，不過這樣的讀法，應該同時是經得起累積對於芥川龍之介是一個什麼樣的人的認識，可以回頭在他的人生紀錄中得到印證。不是純粹出於我自己的獨斷猜測。

〈河童〉、〈齒輪〉、〈呆瓜的一生〉應該一起讀，可以用〈河童〉和〈齒輪〉來注解〈呆瓜的一生〉，然後再回頭換成以〈呆瓜的一生〉來注解〈河童〉。〈河童〉的那個世界裡，有一位哲學家，他寫的書叫做《呆瓜的話》，兩篇中的「呆瓜」，在又不在自己的世界裡的思考者，如此密切連結起來。

三篇之中最難讀、內容最晦澀的，是〈齒輪〉。我們也可以在細讀了〈河童〉、〈呆瓜的一生〉之後，再進一步去解讀〈齒輪〉。體會了芥川龍之介和瘋狂間的關係，就能了解〈齒輪〉是一份離開正常意識與正常生活更遠的「瘋狂書寫」。在他人生最後的時間裡，芥川龍之介經歷了大地震、經歷了姊夫之死，在迷亂狀況下，他仍然試圖藉由書寫找到足夠的力量，讓自己能夠活下去。當然他失敗了，而他的努力與他從失敗到放棄的過程，無法用正常語言寫下來的，他寫入了這份特別的瘋狂文本之中。

第五章
芥川龍之介的文學理念

關於文學創作的真實性

夏目漱石是芥川自認的「老師」，谷崎潤一郎則是他所看重的同時代寫作對手。將芥川龍之介和這兩位經典作家放在一起，我們可以另外覘知日本現代文學的一項重要動態。那就是儘管他們的作品有著各自清楚相異的風格，不過在一點上，他們卻再接近不過，那就是他們都以反對當時流行的「自然主義」和「私小說」潮流作為寫作的前提。

而芥川龍之介在反對「私小說」一事上，表現得尤其強烈，也提供了最清楚的立場說明。這中間牽涉到文壇交往的一個偶然，當時高舉「私小說」大旗的主要旗手之一，是芥川龍之介的好友久米正雄。前面提過，芥川龍之介自殺前，特別將相當於遺書的〈呆瓜的一生〉手稿，託付給久米正雄，可見兩人交情之深厚。

久米正雄主張，文學最主要又最根本的就是兩種形式——韻文和散文，而韻文是一種主觀性的文學，相對地散文是客觀性的文學。因而在用散文寫成的作品中，「私小說」占據了至高的地位，因為「私小說」最誠實、絕不撒謊，具備了一種特別的，可以讓讀者充分信任的客觀性。

「私小說」描寫的，是創作者的真實生活，不管是不是用第一人稱寫的，只要具備有這種真實人生的性質，就屬於「私小說」，而和其他的「一般小說」區別開來。

芥川龍之介寫過一篇近乎宣言式的文章，反駁久米正雄。到現在，經歷了西方的現代主義潮流，我們很容易理解，很容易贊同芥川龍之介的立場。他將重點放在什麼是「撒謊」，藝術不能以是否「撒謊」作為評判價值的標準。

他舉了一個很簡單的例子：看看「不動明王」的雕像吧。這是從藏傳佛教進入日本，成為日本佛教中許多人信仰的神。在刻畫「不動明王」時，最重要的標記，是他背後的一圈火焰。我們能夠想像真實中存在這樣的人，背後隨時有這一圈火焰嗎？這樣的雕像當然不是生活中的「真實」，但我們不能不承認，我們明白知道，那是藝術，藝術就不是用撒謊不撒謊來定義的。

然後，他提出了另一個根本的問題：我們如何判斷一位創作者寫出來的內容是或不是他的真實生活？「私小說」為了強調顯現「不說謊」，於是刻意描述平常不會公開示人的敗德、不堪行為或想法，以「揭露」自我來保證真實。然而芥川龍之介要問：所以作者就不能在作品中描寫正直、高貴的人嗎？因為他自己不可能活得那麼正直與高貴，所以這樣的內容就成了謊言嗎？

應該不是吧！作者要寫出正直的人生，必須先在自己心裡產生關於正直、誠實性質的認知，換句話說他這份正直、誠實必須先存在於他的想像、認知中，並且和他自己的真實生活有了某種對照或投射的關係。那我們又怎麼能說，這樣的內容和他的真實生活無關呢？

用這樣的標準，那就根本沒有在作品中「撒謊」的這件事，作者想到的、想像的任何事物，都可以寫進作品中，那都和他的生活有千絲萬縷的各種牽連關係，因而都來自真實生活，都是誠實的。

風靡一時的「私小說」

這其實不只是芥川龍之介，夏目漱石、谷崎潤一郎、川端康成他們都有類似的態度，和「私小說」派對立。「私小說」將作品的內容局限在作者的自我經驗，而且是內在的、外面無法輕易看見的行為與思想，但這幾位傑出的小說家，有著更根本的體會：人在腦袋中所能思考、想像、創造的，遠遠超過自身能經歷、能體驗的。

兩者一寬一窄，在豐富與貧乏上形成強烈對比，那為什麼要限制作者只能書寫遠遠比較狹隘、比較貧乏的內容？

從夏目漱石到谷崎潤一郎到芥川龍之介，他們各有各的發展方向。夏目漱石寫「非人情」的掙扎，為了要擺脫「人情」的窄化綑綁，探討人如何從這種情境中脫離開來。谷崎潤一郎則寫了在現實上不太可能出現的極端個性與極端感情，環繞著這樣的人建構起傳奇故事來。他們的根本精神與成就，都和「私小說」強調的「誠實」大相逕庭。

近百年之後，曾經風靡一時的「私小說」除了少數作品，今天看來都挺無聊的，而是夏目漱石、谷崎潤一郎他們以反對「私小說」態度寫的作品，仍然讓人讀得津津有味。畢竟一個人的具體生活經驗很有限，以前是因為有保守禮儀規範，使得人在生活中的大部分經驗都被視為私密、不應該公開的，所以才給予「私小說」那種公開私密的驚訝效果。然而一旦公開了，大家也就發現，一個人能有的敗德行為與思想，其實也都很類似，那麼多類似的祕密很難持續產生刺激作用。

而且經過了時代的變化，「私小說」中的許多生活細節離開了特定的社會環境，不再有那樣的壓抑象徵意義，對於不熟悉那樣環境的讀者也很難引發閱讀享受的興趣了。

僅有能夠留下來的「私小說」，是太宰治的那種「失格派」，或崛辰雄帶著奇特溫度的作品。太宰治的歷史地位，是建立在他將文學與人生的關係倒轉了過來。「私小說」原本的道理是用文學記錄內在、掩藏、不堪披露的人生；然而太宰治卻是寫出了驚人的失德、敗德小說，再用自己的人生去實現這樣的文學。他將自己活得像想像虛構的小說「失格」人物，因而使得他的人與作品都帶上了巨大的驚嚇力量。

宮崎駿的動畫《風起》改編自崛辰雄的文學作品。崛辰雄另外一部更有名、成就更高的小說是《麥藁帽子》，表面上符合「私小說」的自我揭露性質，然而裡面有許多帶著濃厚詩意的溫馨甜美表現，讓讀者能夠返回一種天真的狀態，無保留地接受、相信小說中敗德的昇華。

谷崎潤一郎的紅領帶

芥川龍之介和谷崎潤一郎有過很多文學互動。相較於谷崎潤一郎，芥川龍之介是更勤勞、更敏銳的讀者，雖然在日本文壇活躍不過十年左右，他大量閱讀了當時的作品，發表了眾多觀察與評論。

將谷崎潤一郎比芥川龍之介長壽許多，在芥川龍之介死後又多活了那麼久的因素放入思量，我們會更加驚訝，芥川龍之介竟然能夠對谷崎潤一郎有那樣精確有效的觀察與評論。

大正七年，一九一八年，兩人的文學生涯都還在開端階段，芥川龍之介就表達了他對於谷崎潤一郎的看法。他特別提到日本古典文學是谷崎潤一郎真正的滋養來源，即使是使用漢字，谷崎潤一郎寫的不是來自漢文傳統的文體，而是一種經過了小說、稗官野史、雜劇轉化後的，端莊卻柔軟的詞語。用谷崎潤一郎自己後來在《文章讀本》中的說法，那是一種有漢字的「和文體」，而不是「漢文體」。

另外芥川龍之介敏銳地點出：儘管谷崎潤一郎也讀波特萊爾或愛倫坡的作品，但這些西方因素對他的影響其實沒有那麼大，只是幫他增添一些皮毛的裝飾而已，沒有觸動他的根柢。

處於同一個時代，又都反對「私小說」，但這兩個人之間還是存在著巨大的差異。芥川龍之介尖銳地指出：谷崎潤一郎的困擾，也是他最大的野心，來自於對現代日文的不耐煩，覺得現代日文嚴重缺乏表現力。

谷崎潤一郎曾經告訴他一個特殊經驗。在京都路邊經過兩個攤子，攤子的主人都是女性，他先在其中一個買了花，旁邊另一攤的主人於是用了很委婉又帶著撒嬌情態的京都腔說：「你買了她的應該也要買我的啊！」那樣的語調與表現讓谷崎潤一郎長久難忘。於是在他心中有了強烈欲求，希望以現代京都腔為基礎，創製出過去可能曾經存在的特殊語言，來寫文學作品。對他來說，現代日語的語尾變化太有限了，使得他大感施展不開的困擾。

很早芥川龍之介就見證了谷崎潤一郎最特別的文學追求，將來谷崎潤一郎要花很多年的時間，經由離開創作的道路，繞去反覆翻譯古典名著《源氏物語》，經過了古日語的長期浸潤，才終於找到一種讓豐富現代日語的風格與姿態，將對他來說像是硬邦邦塑膠花的現代日語，重新回歸為真花，能夠產生在風中微動搖曳的美。

這是漫長的一段路程，沒有走那麼久那麼遠，谷崎潤一郎是無從創造出傑作《細雪》的。

芥川龍之介留下了另一篇關於谷崎潤一郎的紀錄，在一個初夏的午後，他們兩個人一起去神田逛街，那是東京有名的古書區，路上許多文人來往。

那一天谷崎跟他平常一樣，穿了黑色的西裝，然後繫著一條紅色的領帶。那條偉大的領帶使我感受到他所象徵的浪漫主義。應該不是只有我一個人這樣想，因為在路上不管是男是女，經過的人應該都有同樣的感覺。對面每一個走過來的人，沒有一個不是訝異地看著谷崎的臉。但是谷崎死也不承認；他說人家看是因為在看你穿那一件旅行的外套。

谷崎潤一郎穿得很醒目，尤其是戴上了誇張的紅色領帶，不過芥川龍之介的打扮也沒有平常到哪裡去。他穿了一件老式的旅行外套，看起來像是茶道師傅或菩提寺的和尚似的。這樣兩個人並肩走在神田町的街道上，當然引來了路人紛紛側目。然後芥川龍之介說：

但是既然谷崎和我都是不尊重邏輯的詩人，所以我也就沒辦法再勉強他接受我所認知的真理。

然後他們到咖啡館裡去，點好飲料後，芥川龍之介「仔細看著對面谷崎領帶所散發出來的浪漫主義的烽火」，一個工作了很長時間以至於臉上擦的白粉都脫落了的女服務生兩手端著杯子走過來，杯中盛著清澈得難以挑剔、正冒著細沫的汽水。

我至今無法忘記，她不忍離開，一手搭在桌上，盯著看谷崎的胸前，最後她說：「你這個領帶顏色真好。」十分鐘之後，喝完了汽水要離開之前，我決定要給這個女服務生五毛錢的小費。和所有東京人都一樣，谷崎也是一個對於給人家無用的小費會感覺到輕蔑的人。

我掏了五毛錢的小費，谷崎冷笑說：「幹嘛？她有特別關照我們什麼嗎？」我對這位前輩的冷笑絲毫不在意，還是把一張皺巴巴的紙幣遞給了這個女服務生，因為這個女服務生不只幫我們端來了汽水，實際上她還為我向天下揭示了關於紅領帶的真理，我至今不曾給過比當時那個五毛錢更有誠意的小費了。

文章帶著玩笑、戲謔的口吻，他給女服務生小費是為了特別感謝她表達了對於谷崎潤一郎身上紅領帶的注意，而不是芥川龍之介所穿的老式外套。而在其間芥川龍之介清楚地揭示了自我身分認同。他自認和谷崎潤一郎都是詩人，所以不會依照平常人的邏輯行事，也不會在意引來路人側目。但是他和谷崎潤一郎仍然有根本的差異：谷崎屬於浪漫主義，他自己卻更傾向現代主義。

當他們面對乾枯、貧乏、狹窄的寫實主義或強調「誠實」的「私小說」時，兩人堅定地站在同一邊，然而遇到了關於文學美學更細膩的標準評判時，兩個人間有了尖銳對立的論戰。

如何評斷小說的好壞？

論戰是芥川龍之介挑起的。他寫了一篇探討小說本質的文章，卻刻意挑選了一個帶有挑釁意味的修辭性問題（rhetorical question）來展開論點。問題是：要如何看待沒有像樣故事的小說？

芥川龍之介首先聲明自己寫的大多是有故事的小說，所以這個問題不是針對他自己如何寫小說。接著最重要的，是小說的好壞不該以有沒有故事來判斷，不應該以看故事、聽故事的態度來讀小說，故事不是小說的必要條件，如果只重視故事，會錯過了小說的本質。

行文到此，芥川龍之介卻加了一個括號，說：

（一篇小說裡面的故事到底是不是奇特，也不能夠變成評斷小說好壞的標準，像眾所周知谷崎潤一郎的小說都是建立在奇特故事的基礎上，或許這些小說將來會一路一直不斷地流傳，但是這些小說會流傳，並不是建立在因為它有奇特的小說、奇特的故事這個基礎上。）

這是他衷心認定的谷崎潤一郎小說的特色：充滿了各式各樣奇情故事，因而寫文章時便不吐不快表達出來了。雖然他好像是中立地表示「故事與小說好壞無關」，被指名的谷崎潤一郎讀起來總覺得不對勁，很像是諷刺地以他的作品為錯誤示範，說他的小說光只是靠奇情故事吸引讀者，沒有故事以外的本質性價值。

芥川龍之介的確在文章中彰顯「沒有故事的小說」，抬高這種一般讀者不容易喜歡的作品的地位。沒有故事大部分的讀者會認為缺乏娛樂性、「不好看」，沒有通俗趣味的性質。然而正因為拿掉了通俗趣味，這種小說有了一份純粹性，直指小說的本質。

小說的本質不應該是娛樂性的，沒有像樣的故事提供娛樂，如果你還願意讀，就能在小說中得到娛樂以外的刺激、省思。對芥川龍之介來說，小說本來就是苦的，而故事是包在外面讓人將其苦如藥、其效果也如藥的小說內容吞下去的糖衣。讀小說卻只停留在故事層次，只領會、享受故事，那就像是吃藥只吃糖衣般荒唐、無謂。沒有像樣故事的小說，則是沒有糖衣，直接以深刻、痛苦的性質對讀者現身。

這是芥川龍之介的中心信念，所以他是一個現代主義者。現代主義文學是為了要擾醒不安而存在的。現代生活中有太多雜亂刺激，人很容易被都會生活的節奏與事件反覆沖刷而變得感官麻木，不再知道該如何感受這個世界，如何有比較深刻的體會。因而現代主義的文學不再是寫實的反映，而是先打破現代生活製造的麻木，打破了固定、習慣的安逸、安穩，創造出不安，以便刷新人的知覺能力。

他確實反對看重故事，而他提到了谷崎潤一郎小說裡有很多故事，卻在那麼短的括號中沒有明白地說在故事之外，谷崎潤一郎的作品究竟有什麼本質性的成分，以便將來可以流傳。

小說中「詩的精神」

谷崎潤一郎被惹火了，寫了一篇回應文章。他的論點是：如果拿掉了故事情節的趣味性，就等於放棄了小說這個形式的特權。為什麼要寫小說、為什麼要讀小說？不就是因為小說中可以創造出、可以涵蓋比現實更有趣的情節與故事！這正是谷崎潤一郎之所以反對「私小說」的論理立場，侷限於現實的「私小說」太平凡平庸了，沒有辦法裝填可生可死，能夠超越一般生命的強烈情感，還有難得、奇妙奇幻的經驗。他自豪於能在小說中寫出這些非現實的內容，那是他的醒目紅領帶所象徵的浪漫主義性格。

然後芥川龍之介寫了一篇正式的答覆，標題直接叫〈答谷崎潤一郎君〉，而且一開頭就先強調：「對於谷崎的創作態度，除了佐藤春夫，恐怕我是最瞭解的人。」佐藤春夫和谷崎潤一郎彼此親近到有了換妻的糾纏關係，當然是芥川龍之介比不上的，而之所以強調自己對谷崎潤一郎的瞭解僅次於佐藤春夫，是要表示他不可能和谷崎潤一郎對立。「我鞭打自己，同時鞭打谷崎。」用括號評論谷崎，正因為自己的創作和谷崎如此相近。

他解釋重點在於「探明詩的精神的深淺」。谷崎潤一郎的作品比法國小說家斯湯達爾（Stendhal）更有名，尤其在讓文字具備繪畫性一事上，谷崎潤一郎比斯湯達爾更成功。不過斯湯達爾的作品中充滿了詩的精神，那是一種只有斯湯達爾才能達到的境界，即使是同為法國大小說家的福樓拜、還有在福樓拜之前唯一的現代藝術家梅里美（Mérimée）都輸給斯湯達爾。

這樣的評斷，涉及好幾位法國作家，芥川龍之介卻以「這是毋須贅述的問題」帶過。這真是很混蛋啊，擺出一副你們應該對這些人和他們的作品都很熟悉了，也都知道這種評斷的理由，所以不需要我多說的姿態。然後解釋，是以這樣的標準為基礎，才會對谷崎潤一郎有高度的期望。

他認為谷崎潤一郎的《紋身》是具備詩意的佳作，然而寫作《紋身》的同時，谷崎潤一郎卻又寫了像《正是為了愛》那樣的小說，在那裡面就沒什麼詩意了，寫《正是為了愛》的作家離詩人很遠。

所以文章結尾處，他發出了熱情的呼喚：「了不起的朋友啊！回到你本來的路上吧！」小說好不好，關鍵在於有沒有詩的精神。他對谷崎潤一郎喊話：我期待你會是斯湯達爾那種等級，甚至在詩意表現上超越了福樓拜和梅里美的等級，才提出那樣的提醒，而且我不是只有針對你、責求你，我也用同樣的標準責求我自己。你不要遺忘了寫《紋身》的那個自己，而沉溺於變成了寫《正是為了愛》的那個專注奇情情節而遺落了詩意的作家。

讀了這篇答文，谷崎潤一郎沒有再寫文章，而是去找芥川龍之介，直接問他：既然你說關鍵在於詩的精神，那就請你解釋到底什麼是詩的精神？又為什麼明明寫的是小說，卻要用詩的精神來寫呢？

芥川龍之介的回答是：「詩的精神指的是最廣義的抒情詩。」如果是廣義的抒情性，谷崎潤一郎不放鬆地追問：「那什麼作品沒有這份抒情性？所有偉大的作品都有抒情詩的成分嗎？」

芥川龍之介進一步說：

《包法利夫人》、《哈姆雷特》、《神曲》、《格列佛遊記》，這些作品都是詩的精神的產物。既然任何思想都可以被納入到作品當中，就必須要通過詩的精神這個聖火在上面有所燒烈，才能夠產生。我要說的是如何能夠讓聖火熾烈的燃燒出來？這也許多半要依賴天賦和才能，但是出人意外的是，努力的力量竟然如此的薄弱。聖火熱度的高低直接決定一篇作品價值的高低。

他又提出了一個新的比喻、新的標準。要經過詩的精神的聖火燒煉，才能知道作品是否有價值，然而能夠通得過這終極考驗的作品如此稀少。

世界上充斥著多少的傑作，但是你看一下，一個作家死了，即使是三十年，如果他死了三十年之後，給我們留下十篇值得一讀的短篇小說，這樣已經是大家了。如果三十年後留下五篇，已經是名家了，如果留下三篇，都能夠算得上是一個作家。要成為這樣的一個作家，也絕非易事。

他轉而描述這樣的考驗多難通過，沒有正面回應谷崎潤一郎對於「詩的精神」的追問。為什麼不說清楚？是因為說不清楚，或是故意避開不說清楚呢？

探測深不可知的人性

我認為這正是他表達自己作為現代主義者的方式，顯示他和浪漫主義者之間的差異。浪漫主義重視感官，早期的川端康成自命為「新感覺派」，強調「感覺」就是浪漫主義的遺緒。浪漫主義反對理性分析，主張感官感覺比理性理解重要，因而要以藝術來創造各種感動，悲傷、震駭、憤怒、憂鬱……都訴諸於感官。

現代主義比浪漫主義來得冷靜，甚至殘酷。現代主義從浪漫主義窮盡之處崛起，自認看穿了浪漫主義的困境，去探索理性和感官直覺都到達不了，卻是現代生活不得不面對、不得不處理的混亂與茫然。

這種存在的體會，正因為太內在了，無法用正面、肯定的方式來表達，只能轉而訴諸於懷疑、甚至否定。能夠被正面、肯定說出來的，都被表面化了，或用精神分析的概念說——被「顯意識化」了，就不再是在潛意識中浮動的深刻內在。要到達潛意識的深度，只能狠心地放棄正面回答，改用「不是這樣也不是那樣，也不是既非這樣也非那樣」的多重否定，或「是這樣嗎？有可能是那樣嗎？怎麼可能會是這樣或那樣？」的連續問句形式。

芥川龍之介既然已經說「詩的精神」最重要、最為關鍵，他也就不可能正面描述「詩的精神」，解釋為什麼有價值的作品都具備「詩的精神」。「詩的精神」是要將來自經驗的元素都徹底打破其秩序，重新排列予以轉化，產生很不一樣的另一種非現實的秩序。

要讓素材變成小說，芥川龍之介寫小說的方式，同時提供我們趨近他的小說作品該有的基本認知，那就是「破」與「立」，先將來自經驗的一切打破，然後再進行創意的重組。他無法同意「私小說」，因為那種作品複製、抄襲人間經驗，將經驗直接拼成作品。那當然是不對的。

小說必須將經驗拆開，拿掉其中的許多成分，只剩下能夠表彰「詩的精神」的一小部分，然後再尋找、給予剩下的一小部分一種新的秩序，如此創造出離開了現實的抒情性。

他知道自己的風格很容易被視為和谷崎潤一郎的很相近。他也寫非常、極端情境中人的反應，他也寫不像是日常生活裡會出現的邪惡巫婆等人物。然而芥川龍之介的用意、他的出發點，和谷崎潤一郎很不一樣。

谷崎潤一郎善於寫動人的情境，就連後期在已經不那麼依賴奇情故事的《細雪》中，都有大水淹漫的非常情景，本身就讓讀者留下深刻印象。但芥川龍之介的非常情境都是手段，為了要刺激出人物在其間的非常反應，甚至是自己都沒有預期、無法控制的複雜反應。

像是〈枯野抄〉設定在松尾芭蕉臨終病榻前，為了要讓那個非常情境去考驗、去打破我們一般認定的「正常」哀傷感受。這些弟子都是受考驗的人，包括讀者也是。共同的、抽象的哀傷不是真實，真實狀況比哀傷複雜、甚至麻煩多了，每個人會在心中湧現無法控制的種種反應，進而從這些不預期的反應中被迫認知自己是誰，是一個什麼樣的人。

重點都不在情境，不在情節，而在於人的反應，更在於人的深不可測，是對自己都深不可測的艱難事實。正因為人如此深不可測，才需要以小說破除種種障礙來探測。想像力破除了現實的抵抗，進入被掩蓋的深層，將人不可思議的複雜反應描述出來。

短篇小說的美學信仰

芥川龍之介留下了一百四十多篇小說，卻都是短篇，沒有任何長篇作品。這相當程度上是他文學信念帶來的自主選擇結果。他要寫的，是將人投入在非常狀態中，去檢驗人的反應。而既然是非常狀態，那就如《老子》說的：「飄風不終朝，驟雨不終日。」暴風雨只會短暫存在，很快就要回復正常，因而適合非常狀態的描寫風格，必然是凝縮的，在很緊密的時空、節奏中去挖掘出人在一般時空與節奏中得以隱藏、有餘裕可以隱藏的那一面。

前面介紹過的〈手絹〉就設定在老師完全沒有防備的情況下，遇到了學生母親不意來訪，又完全偶然在客人不預期到來前，他正讀著史特林堡的書。這樣的情境不能延長，在時間上延長，情境就必須轉回日常、正常了。

短篇小說和長篇小說有很不一樣的節奏。長篇有一種悠緩、甚至浪費的步調。過去台灣的長篇小說，不管是司馬中原的《狂風沙》、紀剛的《滾滾遼河》或羅蘭的《飄雪的春天》都是用這種長篇的節奏、長篇的腔調寫的。不過晚近的一項文學風格轉變，就出現在愈來愈難找到用這種節奏、腔調寫的長篇作品了。

形成強烈對比的，是像駱以軍的《西夏旅館》，雖然有四十萬字的龐大規模，然而卻從頭到尾維持著一種濃稠性與緊張度，沒有長篇小說的那種悠遠寬鬆。雖然是長篇的篇幅，但在風格上，這部小說毋寧是「反長篇」的。

對照下我們就能了解，自認為現代主義者的芥川龍之介，要以「詩的精神」來寫小說，他當然極其重視小說內部的高度緊張性質。他不是沒有嘗試過寫較長的作品，但在這樣的美學信念限制下，他的長篇不太可能成功。在〈地獄變〉之後，他寫了〈邪宗門〉作為續篇，本來計畫寫得比〈地獄變〉還要更長些，但終究沒有寫完就放棄了。

另外還有一部從自己的現實生活取材的作品，叫〈路上〉，他寫了「上篇」，結尾處加了一個附注，說「上篇到此為止，下篇即將發表」，然而「下篇」從來沒有寫出來。

他的小說一旦拖長了，很容易產生與自身美學信念相牴觸之處，讓他感到不對勁、不耐煩，因而寫不下去了。他的重要名篇中，〈地獄變〉的篇幅最長，但從頭到尾都沒有失去他所追求的非常情境緊湊節奏，以其長度來說，〈地獄變〉幾乎是不可思議地一氣呵成的傑作。

從介紹良秀出場，到由猴子聯繫到良秀的女兒，再到神祕隱身在敘述聲音中的敘述者創造的種種懸疑，到「地獄變」繪畫出現，還有良秀對待徒弟的方式，引出他只能畫真實的東西，所以需要一輛真實火燒中的車來完成「地獄圖」。一步一步帶領讀者邁向我們似乎知道又不是很清楚的後續，一直到高潮的震驚效果。

這樣的濃度與強度，卻無法維持到預定的續篇〈邪宗門〉裡。在那種長度中得以保持純粹的芥川龍之介式風格，〈地獄變〉證明了是獨一無二，連芥川龍之介自己都無法複製的巨大成就。

小說的結構問題

谷崎潤一郎和芥川龍之介討論情節是否重要的文章中，提出了一個論點：文學中最具結構美的，是小說，而小說中之所以要有故事、要有情節，是為了要建立起結構。故事有頭有尾有中腰，有前後伏筆、懸疑形成的順序結構，如果沒有了故事，小說就散掉了，要如何建立結構，如何維持結構之美？

其實這是谷崎潤一郎對芥川龍之介最有效的反擊。他看出來芥川龍之介最大的弱點就在於無法安排結構讓自己的小說開展。芥川龍之介只能說：「俳句也有結構啊！」但這並沒有對上谷崎潤一郎的質疑，他質疑的是：沒有故事，如何寫出比較長的作品，如何應對長度帶來的結構要求？

這是谷崎潤一郎比芥川龍之介強得多的地方。他能寫有第一部、第二部、第三部逐漸展開又彼此呼應的長篇作品，有空間能夠呼吸。芥川龍之介擅長的，卻是在小說中創造讓人目不暇接，閱讀中彷彿快要喘不過氣來的效果。

因而閱讀芥川龍之介時，我們往往需要重新仔細檢索短短篇幅中的各個部分，不能單純按照文本裡的前後順序看待。他幾乎無視於文字的線性敘述本質，讓文本中不同部分的內容，打破了前後邏輯，產生各種不同的呼應關聯。

芥川龍之介的小說關切的，不是「然後呢？」而是當下發生了這件事，這個人、這些人他們如何反應，各自的反應如何交織成一片糾結的「意義之網」，那才是他的結構，和谷崎潤一郎所說的那種有頭有尾有中腰的敘述順序很不一樣。

兩人為了小說中的故事、情節爭執、論辯後沒多久，芥川龍之介就自殺身亡了，谷崎潤一郎則比他多活了將近半個世紀。不過在谷崎潤一郎的晚年，留下了一個奇特的文本，那是小說《少將滋幹之母》。關於這本小說比較詳細的介紹，請大家參考這個書系裡的另外一本書《陰翳的日本美》。

這裡要特別提的：《少將滋幹之母》像是谷崎潤一郎晚年對於這位年輕時的朋友芥川龍之介的致敬之作。小說模仿平安朝的筆記風格，描述了關於平中的傳奇故事。平中在歷史上確有其人，是平涼大夫的二兒子，在平安朝留下了許多他的好色紀錄。

小說中寫到他愛上了一個女侍，對方卻不理他，他連續寫了三十多封情書，對方連一封回信都沒有，後來他低聲下氣請求：「這麼多封信，妳至少給我一個回答說妳看過了？」終於來了回信，打開來一看，上面就只有「看過了」，而且再仔細一看連那麼短的一句話，都不是那個女侍自己寫的。是從平中自己寫去的信中剪下來貼上去的！

在芥川龍之介的短篇小說中，有一篇題為〈好色〉的，就是寫平中的故事，而且就是寫他愛上的這位女侍如何整他。平中已經寫了許多情書，自認應該打動了對方，就故意選擇了一個大雷雨的夜晚去找她，她讓平中進入房間，平中很興奮，靠近過去，在黑暗中她嬌羞地說：「門還沒鎖，我去鎖門。」女子起身，隨即傳來落鎖的聲響，平中更興奮了，然而卻怎麼都沒有等到女子回到他身邊。他摸索過去，卻發現自己一個人被從外面反鎖在房間裡了。

〈好色〉並不是一個單純的趣味故事，後面有驚人的轉折，就留給大家自己去讀，不劇透破壞你們可能會有的閱讀體會。不過〈好色〉中只寫了平中的故事，到了谷崎潤一郎手中，《少將滋幹之母》卻是從平中開始，突然轉而去寫時平，以「時平奪妻」作為小說的中心高潮。

《少將滋幹之母》是一部結構不平衡的作品，從平中開始寫，當讀者很自然認為平中是主角時，突然將敘述轉到時平身上，然後又牽扯回平中，寫平中的人生終結，最後才出現書名中的「少將滋幹」，描寫他如何思念被奪走的母親，如何終於在樹下見到了母親。

不平衡之處在於，整部小說可以不需要平中。時平奪妻到被奪走母親的滋幹，這是同一個故事，彼此緊密相連相續。平中插在裡面破壞了敘述的緊密性。因而，在這部小說裡，谷崎潤一郎故意採用了芥川龍之介曾經寫過的平中，而且幾乎也是故意地破壞了明明可以掌握得更好的結構。他寫出了一部芥川式的小說，重點不是要寫依隨時間那一家人身上發生了什麼事，而是以「時平奪妻」的驚人場景為中心，去延伸顯現不一樣的人的不同反應。

「時平奪妻」和後來滋幹被父親引著去看腐爛中屍體的部分，都很驚人，是超乎一般正常想像的驚駭場面，然而谷崎潤一郎卻寫得讓我們不得不相信，不得不接受：是的，真的有這樣的人會做這樣的事，這就是人，我們必須擴張自己對人的想像與認知。

這樣寫小說，毋寧是芥川龍之介式的。谷崎潤一郎到了晚年都還會忍不住突破自我去寫這樣一部小說，相當程度上提醒了我們：芥川龍之介建立了多麼鮮明的風格，影響了許許多多後來的創作者。

一個事件七種證言

芥川龍之介影響了年輕時的黑澤明。還是建議、推薦大家好好看一下黑澤明的經典電影

《羅生門》，如果你看電影前，沒有讀過芥川龍之介的〈竹藪中〉，你可以一邊看一邊想像原著可能是如何寫的，看完電影之後，去找原著來讀。

那麼最有可能的想像與事實差別，是你發現原著竟然那麼短。小說〈竹藪中〉一共有七段來自不同人的證詞，而每一段都很短。

第一段是發現屍體的樵夫，他的證詞重點在於：第一，事件發生在遠離大路的地方，那是馬進不去的深密竹林裡；第二，現場感覺上像是經過了打鬥。

第二段的證詞來自於行腳僧，他讓我們知道了死者是一個不只帶著刀，還帶著弓箭的武士，他的箭袋裡插了好多支箭。

第三段說話的是逮捕了強盜多襄丸的差役，他提出了對於事件的一個說法。多襄丸是個好色之徒，所以是死者妻子的美色引動了強盜殺人的行為。

第四段則是死者岳母的證詞。從她的話中我們知道了死者的妻子在案發後不知去向，找不到人。

第五段輪到當事者強盜多襄丸上場了。依照他的說法，他騙這個武士說自己在林中挖出了很多貴重財貨，武士出於貪心，所以才帶著妻子進入無人的竹林，在那裡被襲擊被綁起來。多襄丸甚至在武士面前強暴了他的太太。事情結束後，多襄丸要離開了，武士的妻子卻拉住他說：「你不能就這樣走，你和我的丈夫之間，總要死一個，不然你叫我怎麼辦？你用這種方式欺凌我，要嘛你把他殺了，我跟你走，不然你讓他殺了，我可以回去。」

這裡出現了芥川式的考驗，不可思議的非常、極端情境考驗人的反應。多襄丸說：被女子如此請求，他決定放開武士，正面決鬥，依靠自己的武勇，在第二十三回合時殺了武士。描述過程中，他還要特別誇口強調：「沒有多少人能夠在我手下走過二十三回合啊！」

第六段的場景改換到京都清水寺，一個女子的懺悔告白。依照她的說法，在她被強盜凌辱了之後，她看見了丈夫的眼光。那是最可怕、最絕對的輕蔑，似乎自己做為一個女人的所有價值，都在那眼光中被剝除了。她無法忍受，因而用匕首殺了自己的丈夫，卻沒有足夠的勇氣自殺，所以痛苦地來到清水寺懺悔。

輕蔑的眼光可以殺人。在〈袈裟與盛遠〉中我們看過的極端人間衝動，這裡又出現了。

最後一段是亡靈之聲，通過巫女說出死者的版本。他說妻子被凌辱之後，選擇要和強盜走，強盜反而不要，對他說：「這種女人留給你，你自己處理，不干我的事。」他受不了雙重的打擊——親眼目睹妻子被凌辱，又被妻子背叛，因而他將妻子留下的匕首刺入自己的胸膛。不過在他倒下去時，可以感覺到有人將匕首從他身上拔了出來，表示當時還有別人在場，但他不知道那個人究竟是誰。

小說很短，卻呈現了七個人的證詞。要執行這樣一個各說各話的小說設計，如果在才分沒那麼高的作者手中，很可能覺得寫三個版本就夠了，讓讀者自己去決定要相信誰的說法。然而重點就在芥川龍之介多加了樵夫、行腳僧、差役和老婦人的說法，他們提供了相對客觀的事件架構，使得當事人的三種說法都有破綻，都無法被當作事實。

這三個人說法不一，每一種說法都有其不合邏輯的部分，於是我們的注意力不得不轉移到哪一種說法最有說服力，也就是考量三個人所描述的動機上。於是和〈鼻子〉、〈山藥粥〉、〈枯野抄〉、〈地獄變〉等作品一樣，芥川龍之介點出了：你對於人遇到什麼事會有什麼反應的預期，比起真實的人性複雜度，都必定太簡單了。

一個妻子被強暴了，然後呢？強暴者會想什麼，被施暴者會想什麼，在這種非常情境下被迫目睹暴力事件的丈夫又會想什麼？三個當事人的說法都讓我們震驚，卻又都帶有一定的說服力，這就充分顯示了平日被壓抑、隱藏的人性複雜之處，只有在如此極端不安中對我們呈現，逼我們承認。

現代文學的使命

芥川龍之介告訴我們該如何寫小說，又如何讀小說。如果將重點放在故事上，追求要有好的故事，那是希望從小說中獲取娛樂。然而小說的重點不在這裡，芥川龍之介沒有要讓讀者那麼輕鬆、舒服，他強調好的小說應該要挑戰讀者、考驗讀者。

進入二十世紀，現代主義中文學和讀者的關係徹底改變了。「現代詩」刻意避開日常習慣的語言文法，創造出另一種運用文字的方式，逼迫讀者從語言文字本身就遠離日常舒適而偷懶的情況。現代小說也往往刻意騷擾讀者，放入許多讀者原先認為不應該寫、不能寫的內容，諸如亂倫、戀童、血腥殘暴、扭曲欲念，以及許多會讓你噁心嘔吐的成分。運用了不同的文學手段，但其目的基本上是共通的，那就是喚醒在現代生活中變得麻木的人。

芥川龍之介屬於這個潮流，不斷在作品中考驗讀者，然而他的手法比較溫和，帶有一種獨特的魅力，將讀者拉入那個充滿疑惑、不安的非常環境中，卻不會讓你受不了，想要闔上書頁逃離。你會好奇想知道接下來發生什麼事，一步一步隨著走進他所建構的那個狂亂世界裡，體會狂亂對於所謂「正常」人世的質疑衝擊。

在大正時期，芥川龍之介將現代主義的信念，以極其高明、熟練的技法推到相當的高度，是他最了不起的成就，在日本、乃至世界文學史上有著不可磨滅的貢獻。

芥川龍之介年表

一八九二年	出生	出生於江戸（東京）的大川端入船町，原名新原龍之介。出生後不久因生母罹患精神疾病，被送到母親老家照顧。
一九〇二年	十歲	母親去世，兩年後由舅舅領養，改名芥川龍之介。
一九一三年	二十一歲	進入東京帝國大學就讀英國文學。
一九一四年	二十二歲	與菊池寬、久米正雄等人參與第三次《新思潮》雜誌活動。發表首部短篇作〈老年〉。
一九一五年	二十三歲	發表〈羅生門〉。
一九一六年	二十四歲	參與第四次《新思潮》雜誌活動。發表〈鼻子〉，受到夏目漱石賞識，同年還發表〈山藥粥〉、〈手絹〉、〈菸草與魔鬼〉。並於海軍機關學校擔任英語教師。

一九一八年	二十六歲	發表〈地獄變〉、〈枯野抄〉、〈魯西埃爾〉、〈蜘蛛之絲〉等作，並著手連載〈地獄變〉的長篇續作〈邪宗門〉，但最後未完成。
一九一九年	二十七歲	進入大阪每日新聞社就職，同年與塚本文結婚。
一九二〇年	二十八歲	長子比呂志出生。發表〈南京的基督〉、〈杜子春〉等作。
一九二一年	二十九歲	以報社海外視察員身分前往中國，之後寫成《上海遊記》一書。
一九二二年	三十歲	發表〈竹藪中〉，後由黑澤明導演改拍成電影《羅生門》，享譽國際。同年次子多加志出生。
一九二三年	三十一歲	發生關東大地震。同年，友人菊池寬創辦《文藝春秋》，芥川龍之介在此連載格言體的隨筆作〈侏儒的話〉，直到一九二七年結束。
一九二五年	三十三歲	三男也寸志出生。在文化學院文學部擔任講師。
一九二六年	三十四歲	因精神問題，入住神奈川的湯河原療養。
一九二七年	三十五歲	發表〈河童〉、〈齒輪〉與自傳性質的短篇小說〈呆瓜的一生〉等多部作品後，自殺身亡。

GREAT! 7205

小說裡的人性羅生門：楊照談芥川龍之介

日本文學名家十講3

作　　者	楊　照
封面設計	莊謹銘
協力編輯	陳亭妤
責任編輯	徐　凡
國際版權	吳玲緯
行　　銷	何維民　吳宇軒　陳欣岑　林欣平
業　　務	李再星　陳紫晴　陳美燕　葉晉源
總 編 輯	巫維珍
編輯總監	劉麗真
總 經 理	陳逸瑛
發 行 人	凃玉雲
出　　版	麥田出版 地址：10483台北市中山區民生東路二段141號5樓 電話：(02)2500-7696 傳真：(02)2500-1967
發　　行	英屬蓋曼群島商家庭傳媒股份有限公司城邦分公司 地址：10483台北市中山區民生東路二段141號11樓 網址：www.cite.com.tw 客服專線：(02)2500-7718｜2500-7719 24小時傳真專線：(02)-2500-1990｜2500-1991 服務時間：週一至週五09:30-12:00｜13:30-17:00 劃撥帳號：19863813 戶名：書虫股份有限公司 讀者服務信箱：service@readingclub.com.tw
香港發行所	城邦（香港）出版集團有限公司 地址：香港灣仔駱克道193號東超商業中心1樓 電話：+852-2508-6231 傳真：+852-2578-9337
馬新發行所	城邦（馬新）出版集團【Cite(M) Sdn. Bhd.】 地址：41-3, Jalan Radin Anum, Bandar Baru Sri Petaling, 57000 Kuala Lumpur, Malaysia. 電話：+603-9056-3833 傳真：+603-9057-6622 讀者服務信箱：services@cite.my
麥田部落格	http://ryefield.pixnet.net
印　　刷	前進彩藝有限公司
初　　版	2022年04月
售　　價	320元
I S B N	978-626-310-183-8
電 子 書	978-626-310-186-9 (epub)

國家圖書館出版品預行編目(CIP)資料

小說裡的人性羅生門：楊照談芥川龍之介（日本文學名家十講3）／楊照著 -- 初版. -- 臺北市：麥田出版：家庭傳媒城邦分公司發行, 2022.04
面；　公分. --（Great! ; RC7205）
ISBN 978-626-310-183-8（平裝）
1.芥川龍之介　2.傳記　3.日本文學　4.文學評論
861.57　　111000273